흰머리
어학 연수생

흰머리 어학 연수생

발행일   2019년 4월 17일

지은이   반종규
펴낸이   손형국
펴낸곳   (주)북랩
편집인   선일영   편집   오경진, 강대건, 최승헌, 최예은, 김경무
디자인   이현수, 김민하, 한수희, 김윤주, 허지혜   제작   박기성, 황동현, 구성우, 장홍석
마케팅   김회란, 박진관, 조하라
출판등록   2004. 12. 1(제2012-000051호)
주소   서울시 금천구 가산디지털 1로 168, 우림라이온스밸리 B동 B113, 114호
홈페이지   www.book.co.kr
전화번호   (02)2026-5777   팩스   (02)2026-5747

ISBN   979-11-6299-625-6 03810 (종이책)   979-11-6299-626-3 05810 (전자책)

이 도서의 국립중앙도서관 출판예정도서목록(CIP)은 서지정보유통지원시스템 홈페이지(http://seoji.nl.go.kr)와
국가자료공동목록시스템(http://www.nl.go.kr/kolisnet)에서 이용하실 수 있습니다.
(CIP제어번호: CIP2019014288)

흰머리
어학 연수생

반종규 지음

북랩 book Lab

　　혹자는 환갑 넘어서 무슨 어학연수냐고 말하는 분도 계십니다만, 100세 시대를 논하고 있는 마당에 은퇴 후 할 일 없이 지내기는 너무 긴 시간이 남는다는 생각에 60 청춘에 중국행을 결행했습니다.

　　저는 원래 학교를 졸업하고 짧은 기간 직장 생활을 하다가 전기 전자 기계 관련 제조업을 약 30년간 운영하면서 개발도 많이 해보고 해외에서 기술이전 일도 해보며 나름 큰 꿈을 가지고 젊은 시절을 앞만 보고 달려온 거 같습니다.

　　대형전자업체에 부품을 납품하던 나는 나름 신제품 개발도 성공하여, 부품 제조업치고는 비록 규모는 작으나 순이익률 면에서는 중견기업 못지않았습니다. 그래서 IMF 사태와 노동운동의 시작으로 혼란스러운 때도 무사히 잘 넘겨올 수 있었습니다.

중소 부품 제조업체의 최종 꿈은 완제품을 만드는 것입니다. 그래서 공장 일은 관리자에게 맡기다시피 하며 나는 완제품 개발에 전념했습니다. 새로운 타입의 자전거를 미국 회사로부터 기술이전 받아 개발했고 '오존정수기'라는 신개념 소독 방식의 정수기도 개발에 참여하였지만, 판매 마케팅은 그리 녹록하지 않아 온갖 노력을 다 했음에도 기간이 오래 걸려 나이도 차고 대리점 설립 비용도 만만치 않고 해서 일단 정지하고 휴식도 취할 겸 중국 어학연수를 택하게 되었습니다.

중국을 택한 이유는 제조업 운영 시 자주 들렀던 중국의 발전 속도와 시장규모, 노동시장, 환경 등 장차 세계 경제 강국으로 손색이 없겠다는 생각을 했고, 중국시장 점유를 위한 소비자 특성 파악을 위해서는 그들의 생각, 언어, 문화 차이, 정치, 환경, 역사 등등을 직접 체험하면서 중국과 한국의 교류방향을 파악한 후 양국의 상호 보완 사업을 발견하고 관계컨설팅사업 개척하는 등 나의 인생을 설계 하고 싶어서였습니다.

끝으로 이 책은 저자가 경험한 연수 체험을 사실에 입각해 될 수 있으면 쉬운 문장으로 누구나 쉽게 접할 수 있도록 노력하였습니다.

감사합니다.

PART 3. 어학연수를 마무리하며

PART 1

어학연수를
시작하며

厦门高崎国际机场(가오치 국제공항)

9월 17일.

마침내 설렘 반 두려움 반으로 샤먼 가오치 국제공항에 도착했다. 공항 검색대를 지나 같이 타고 온 승객 뒤를 따라 공항 출구로 나오니 학교에서 마중 나온 인솔자가 샤먼대학 이라는 팻말을 들고 우리를 기다리고 있었다.

잠시 인원을 확인하고 간단한 중국어와 서투른 영어 안내 멘트를 듣고 나서 삼삼오오 버스와 택시에 나누어 타고 같이 온 여학생과 그녀의 어머니, 그리고 그녀의 친구 2명과 함께 택시를 타고 샤먼대학 상안 캠퍼스로 향했다.

오는 도중 그 여학생 어머니는 "애가 중국어 준비를 안 하고 왔는데 걱정이 많다."며 "너희는 어떠냐."고 그녀의 친구들에게 물었다. 친구들은 "저희도 조금밖에 준비 못했는데 그래서 불안하다."고 대답했다. 그런데 "아저씨는 나이가 많아 보이는데 교수님으로 오신 건가요?"라는 질문이 나에게 돌아왔다.

"아-아니요. 저도 학생으로 왔습니다."

"어머나 왜요?"

"그, 그냥요. 정년퇴직 후 빈둥거리고 노느니 뭐라도 해보자 하는 심정으로 어학연수에 도전했어요."

대충 얼버무렸는데 "어머나 대단하세요. 쉽지 않은 결정이셨을 텐데…"라며 흠칫 놀란 표정이었다.

어느덧 학교 동문(东门)쪽에 도착을 하자 교문을 지키고 있던 공안 같아 보이는 사람이 차를 세웠다. 어디 가느냐, 무슨 일로 가느냐, 출입검사하는 수위 아저씨가 공안같이 보였다.

우리는 입학허가 서류를 보여주고 통과의례를 마쳤다. 한참 뺑뺑이를 돈 다음 겨우 해외교육대학원 건물 앞에 도착하였다. 오는 도중 그 여학생의 어머니는 계속 여기 아닌데, 전에 왔을 때보다 엄청 돌아서 간다는 둥 불만을 기사에게 토로했으나 한국말을 못 알아듣자 영어도 섞어가며 투덜거렸다. 그러나 그는 듣지 못하고 무표정으로 일관했다.

9월의 샤먼 날씨는 한국의 한여름 날씨 35℃를 오르내렸다. 사실 내가 학교를 샤먼대로 결정한 이유 중 하나가 샤먼의 겨울날씨가 봄가을 날씨 같아서인데, 추위에 약한 나는 다른 대학보다 따뜻한 겨울을 가진 샤먼을 더 매력적으로 느껴서였다.

우리는 도착해서 서로 고생했다며 인사를 하고 일단 헤어졌다.

그런데 우리 짐은 학교 버스에 실려 있어서(사실 우리가 택시를 타고 온 것도 학생들의 짐이 너무 많아 버스에 다 타는 것이 불가능해 미리 학교를 둘러보러 왔던 그 여학생의 어머니의 권유로 함께 택시를 타게 되었던 것이었다) 그 짐을 내린 위치가 우리가 내린 자리하고 꽤 떨어져 있다는 것을 이후에 알았다. 그 와중 우왕좌왕하던 나를 보고 공항에서 잠시 인사를 나누었던 우즈베키스탄에서 온 학생이 다가와 자기 형님이 중국에 사는데 그 형이 차를 가지고 왔으니 같이 짐을 찾으러 가자고 하여 나는 흔쾌히 그러자고 한 후 그 학생의 형 차에 올라탔다. 두 형제도 여기 대학은 처음이고 캠퍼스의 크기는 무려 243만㎡에 달해서 몇 번을 헤매고 물어본 끝에서야 겨우 짐을 내린 곳에 도착할 수 있었다.

샤먼대학 东门(동문)

학교 전경

기숙사 도착

교문 입구에서 해외교육학원까지, 그리고 또 짐이 도착해 있는 기숙사까지, 교내에서의 이동거리가 만만치 않았다. 앞서 말했듯 상안 캠퍼스는 교정 크기도 하지만 초행길이라 물어 물어 찾아갔다 어쨌든 나는 그 차를 빌려 타고 기숙사에 도착했으며, 뒤엉킨 짐을 찾는데 5분은 족히 걸린 것 같았다.

짐을 찾고 정신 좀 가다듬으려 하는 것도 잠시, 유학 온 학생들로 장사진을 이룬 기숙사 1층에서 증명사진을 찍고 등록금 입금 확인과 신체검사 신청, 거류 비자 신청서류 작성, 기숙사 방 번호 배정 등을 끝마치고 나니 어느덧 해가 뉘엿뉘엿 기울고 있었다.

기숙사 담당 직원으로부터 기숙사 国光[구어광] 6号 2033

호 배정표와 열쇠를 받아들고 등록한 시점에서 4개동 뒤에 위치한 방으로 짐을 터덜터덜 끌면서 약간 언덕진 곳으로 향했다. 기숙사동은 한국의 5층 아파트 형상이었고 기숙사는 마치 아파트 동의 이름처럼 国光(구어광), 马行(마시옹) 등등 나뉘어져 있었는데, 우리 기숙사 国光은 5층 아파트 12개 동으로 이루어져 있었다.

　방문을 열고 들어가니 내 룸메이트는 벌써 도착해 있었다. 이름은 Mark로 25살 캐나다 학생이었고 캐나다에서 대학을 졸업하고 여기 샤먼대 管理学院(경영대학) 연구생(우리나라의 대학원생) 입학허가증 받고 1년 어학연수 후 석사 연구생, 회계학 전공을 할 계획이라고 한다. 그는 키가 2㎡가 넘어서 침대가 작아 보였다. 머리 색깔과 얼굴 모양은 전형적인 캐내디언이다. 캐나다에서 중국 유학을 오려고 3년 동안 중국어를 준비하고 현재 고급반에서 연수한다고 한다. 그런데 그날 오후 인터넷 와이파이를 설치하러 사람이 찾아와 내가 문을 열어주고 내가 잘 못 알아듣자 그가 나서서 저분은 중국어를 잘 못하니까 나에게 얘기를 하라고 했다. 서양 사람이 중국어를 잘하니까 신기하면서도 한편으로는 자존심이 상했다.

아무튼 가지고 온 짐을 풀고 옷장에 옷을 정리하여 걸고 책도 몇 권 꺼내서 책상 위에 가지런히 두었다. 그리고 생각해보니 우선 급한 대로 침대보와 이불 등을 구입하러 가야 했다. 안내 책자를 참고해 综合楼|종허로우(교내 상점 건물)을 찾아 나섰다.

기숙사 전경

综合楼[종허로우]

기숙사에서 교내 상점까지는 약 2㎞를 걸어가야 했다. 9월인데도 기온이 35℃를 오르내려 엄두가 나지 않았지만 잠은 자야 했기에 발걸음을 재촉했다.

2층에서 계단을 내려와 1층을 둘러보니 1층은 기숙사 방이 없고 통로와 자전거 주차장으로 사용되었고 자전거가 1층의 반 정도를 차지하고 있었다. 양 벽에는 커피 자판기와 음료수 자판기가 눈에 띄었다. 아무래도 넓은 교정을 다니려면 자전거도 필요할 것 같았다. 기숙사 수위실은 전자학생증이 있어야 출입이 가능하다. 수위에게 '니하오'를 외치고 기숙사를 나섰다. 가는 길에 군복 입은 군인들이 좌우 도로를 꽉 메우고 있었다. 마치 여기가 군대인가 착각할 정도로 군인이 많았다. 잠시 6.25 때 중공군의 인해전술이 떠올랐다. 중국은 공산주의여서 학교에도 군대가 있는 줄 알았다. 자세히 보니 여군들도 많이 눈에 띄었다. 군복은 입었는데 얼굴은 보니 귀여워 보였다. 내가 나이가 들어 그렇게 보이나 고개를 갸우뚱하며 상점에 도착했다. 그 상점 건물은 3층 건물이었다.

1층은 편의점, 이동통신 대리점, 우체국, 몇 개의 간식점이 눈에 띄었고, 2층은 약국, 은행, 복사점 등이 있었으며, 3층은 또 다른 잡화상점과 커피숍 등이 있었다. 일단 3층 잡화점에서 이불과 침대 커버를 구입하고 건물 한 귀퉁이에 있는 자전거 샵으로 향했다. 가격을 물어보니 24단 기어 제품이 700위안에서 1,500위안으로, 한국 돈으로 대략 10만 원에서 20만 원으로 비싸다는 생각이 들었다. 중고가 있냐고 물어봤더니 지금은 없다고 했다. 캠퍼스에 언덕길이 많았는데 언덕길을 올라가려면 변속기어는 필수라 여겨졌다. 결국 700위안 자전거를 구입하고 이불 박스를 자전거 핸들에 걸고 꾸역꾸역 자전거를 몰았다. 돌아오는 길에도 군인들이 열지어 지나갔다.

자전거 행열과 농구장앞 교내 상점

전자 학생증

식당

꾸역꾸역 가깝지 않은 언덕길을 자전거에 짐까지 싣고 오랜만에 자전거를 타려니 숨이 턱까지 차올랐다. 게다가 내 옆으로 숙련된 자전거 운전자인 학생들이 나를 앞질러 쏜살같이 지나는 것을 여러 번 본 후에 겨우 기숙사동에 도착했다.

기숙사동 대문 수위가 지켜보고 있는 가운데 전자학생 카드를 센서에 대니 문이 열렸고 자전거를 뒤뚱거리며 닫히려는 대문을 발로 잡고 겨우 통과해 기숙사 방에 도착하여 침대 커버와 이불을 정리하고 있는데 Mark가 놀란 표정으로 자전거와 이불을 어디 가서 어떻게 샀냐고 묻기에 약간 으쓱하며 친절하게 설명을 덧붙였고, 자전거는 꼭 변속기어 장치가 있는 것을 사야 한다고 강조하여 말해주었다. 상점은 马行 기숙사와 실내수영장을 지나 호수다리 건너 왼쪽 학생회관 건물에서 왼쪽을 바라보면 식당 앞에 있다고 설명해주니 그는 '씨씨에' 하고 방문을 나섰다.

나는 기숙사 주변을 둘러보기로 했다. 1층으로 내려가니 자전거 주차장 좌우측에 자판기가 3대가 놓여 있었고 한 곳은 각종 과자와 간단한 인스턴트 식품, 빵 등이 진열되어 있었다. 그 옆으로 '컬러'(콜라), 사이다 등의 음료, 그리고 각종 커피, 초콜릿 우유 등이 있었고 비교적 깔끔해 보였다.

땅콩과 우유를 섞은 음료수를 하나 뽑아 들고 정면의 문을 열고 들어가니 중국 유명업체 하이얼의 세탁기, 건조기 등이 있었다. 말하자면 코인 세탁실이었다.

저녁때가 되어 새로 산 자전거를 타고 다시 이불을 사러 가면서 봤던 丰厅[펑팅] 식당으로 향했다. 식당에 도착하니 수백 대의 자전거가 나란히 주차되어 있어서 몇 바퀴를 돌아서 겨우 자리를 찾아 주차하고 식당 안으로 들어갔다. 들어서는 순간 그 식당 규모에 놀랐고, 또한 식사 중인 학생 숫자에 적잖게 놀랐다. 배식대는 건물 안쪽에 일자로 좌에서 우로 길게 마련되어 있었으며 그 앞으로 약 1,000명 정도가 식사할 수 있는 식탁 테이블이 열을 맞추어 놓여 있었다.

식판과 수저를 들고 줄을 서서 배식대를 보니 각종 중국 음식과 빵, 계란, 고구마, 튀김, 야채, 고기, 해물등등 언뜻 보아도 30가지가 넘는 메뉴가 놓여있고 배식 인원이 20명 정도 있었다. 밥 배식을 하는 오른쪽에서 국수, 탕을 배식하는 왼쪽 끝까지 까마득하게 보였다.

식당에는 군복 입은 군인들도 반 이상의 자리를 차지하고 삼삼오오 식사를 하고 있었다. 메뉴 이름을 모르는 나는 这个[저게(이거), 这个, 这个하고 손가락으로 가리켜 음식을 지적해나갔다. 맛이 궁금해 이것저것 주문했는데 식판이 넘치도록 많았다. 겨우 자리를 잡고 허겁지겁 시식을 해나갔다. 생각보다는 입맛에 잘 맞았으나 너무 많이 시켜서 다 먹기가 어려웠다. 식사 중에도 군인복장을 한 사람들에 대한 궁금증이 많았으나 아직 중국어도 자신 없고 물어보다가 군인이 들으면 곤란해질 것 같아 꾹 참았다.

식당에는 대형 평면 TV가 여기저기 걸려 있었는데 때마침 시진핑 주석이 연설하는 장면이 나오고 있었다. 잘 들리지는 않았지만 나는 TV에 집중하고 있었다. 그런데 놀랍게도 TV를 보는 학생은 거의 없었고 자기들끼리 도란도란 농담하며 깔깔대며 식사를 하는 게 아닌가! 그 군복 입은 군인들까지 조잘조잘 여느 학생과 다름없이 식사를 하고 있다. 그 순간 나는 다시 사회주의, 군인, 사상교육, 학생, 6.25가 떠오르며 '주석이 TV에 나오면 전체가 부동자세로 그 TV를 시청해야 하는 거 아닌가?' 생각했지만 전혀 관심 없다는 듯 자기들끼리 자유롭게 식사하는 모습을 보고 꽤 놀랐고, '사람 사는 데는 다 같구나.' 하고 생각하게 된 것은 좀 시간이 흘러서였다.

대형 식당

PART 2

어학연수
에피소드

분반 시험

대학에 도착한 지 하루 만에 많은 준비과정이 복합적으로 일어나 긴장과 기대가 교차했다. 실제 중국 생활에 서서히 적응해가며 나름대로 오늘 일어난 일을 머릿속으로 정리를 하고 기숙사에서 첫째 밤을 보내고 다음 날을 맞이했다.

오늘은 우리가 교육을 받는 주 무대인 해외교육원으로 향했다.

분반시험이 있는 날이었다. 202호 강의실 앞에서 차례를 기다리며 서 있었다. 안을 들여다보니 안경 낀 젊은 얼굴의 여교수가 앞에 학생 1명을 앉혀놓고 질문을 하고 있었다. 이윽고 내 차례가 되어 강의실로 들어가 가볍게 인사를 나누고 자리에 앉았다. 여교수는 여기 오기 전 한국에서 얼마나 중국어를 준비하였느냐고 물었다. 나는 시작한 지는 3년 정

분반 시험

　도 되었고, 혼자서 인터넷을 통해서 일주일에 4~5시간 정도 공부하였으며, 그땐 일과 병행하였기에 많은 시간을 할애할 수가 없었고, 일 년 전부터는 일주일에 한 번씩 중국 유학생과 대화 위주로 교습을 받았노라고 답했다.

　다음 질문은 왜 어학연수를 하려고 하느냐, 어학연수 끝나고 무엇을 할 계획인가, 중국문화에 대해서는 어떻게 생각하느냐 등등을 물었다. 가끔 안 들리는 부분도 있었으나 성실하게 생각나는 대로 대답을 이어갔다. 10여 분에 걸친 구술시험이 끝나고 205호 강의실에서 필기시험이 진행되었다.

　60분에 풀기에는 시간이 촉박한 50문제를 풀어나갔다.

50% 정도 확실한 답을 한 것 같았다.

다음날 나는 분반시험 점수에 따라 중급상반에 배치되었다. 레벨은 초급 상, 초급 하, 중급 상, 중급 하, 고급 상, 고급 하 등 총 6학기로 구성되어 있으며 총 3년 과정이 개설되어 있으며 18개 학급으로 편성되어 있다.

첫 수업

전날 교학과 사무실 앞 게시판에 시간표가 붙어있어 2년 上(상)반을 찾아 스마트폰으로 촬영해두었던 것을 참고해 206호 강의실을 찾아가니 이미 두세 명의 학생이 자리를 잡고 있어 가볍게 눈인사를 나누고 맨 앞자리를 차지하고 앉았다. 다들 약간 긴장된 표정이었다.

동·서양, 남미, 북미, 아프리카, 유럽 각국에서 날아온 학생들을 보며 등록하는 날도 놀랐지만 다시 한번 전세계적으로 떠오르는 중국을 실감하는 순간이었다. 이윽고 첫 수업 담당 综合汉语老师(종합중국어교수)가 등장하셨다. 선생님도 다소 긴장한 표정으로 "大家好, 我的名字是什么, 什么…(여러분 안녕하세요. 제 이름은…)."라며 간단히 자기소개를 마치고 바로 교과서 1과부터 수업에 들어갔다. 그 선생님은 바로 면접 구술시험 때 면접관이셨던 张冬莱[장동라이]선생이었다. 면접날도 느꼈지만 학교 다닐 때 공부만 열심히 한 모범생, 그 자체였다.

막상 수업이 시작되니 일사천리로 진행되었는데, 나는 아직 팅리(듣기)가 좀 부족함을 느꼈다. 수업의 50% 정도 듣는 것 같았다. 본문 1단락을 설명하고 뒤에 연습문제를 풀이하고 또 1단락 설명하고 실전문제 풀이하고 하는 방식이었다. 가끔 어디 하는지를 놓쳐서 교과서 앞뒤를 뒤적거리는 횟수가 많아졌다. 내일부터 예습·복습을 안 하면 수업을 쫓아가기 힘들겠다는 염려가 될 정도였다.

수업은 90분 단위로 진행되었고 다음 시간인 口语 (Speaking) 선생님은 오리지널 중국 아줌마 같은 인상으로 친근감이 느껴졌다. 비교적 질문을 많이 해 구술능력을 키워주려고 하는 것 같았다. 질문요지를 잘 이해하지 못했지만 대충 때려잡아 광범위하게 대답을 했다. 원래 정확한 답을 알면 대답이 간단한데 나는 답이 길었다. 뭐 어쨌든 그런 답안이 습관이 되어 나중에 구술능력은 많이 향상되었다.

구술은 많이 해보는 것이 중요한 거 같다. 틀리든 맞든 일단 말해보는 것이다. 외국인인 내가 너무 중국어를 잘해도 좀 징그러울 거라며 나름 합리화시키고 잘 안 들린다고 답을 못하고 우물쭈물하는 것도 시쳇말로 '쪽팔리고' 떠오르는 단어부터 던지고 다음 문장을 갖춰가는 형식을 취했다.

2교시가 끝나고 11시 30분부터 2시 30분까지 점심시간이었다. 3시간의 점심시간이 길게 느껴지는 만큼, 그 시간을 잘 활용해야겠다고 생각했다. 나는 1시쯤에 점심 먹던 버릇이 있어 아직은 배가 고프지 않아 해외유학원 옆에 도서관 건물로 향했다.

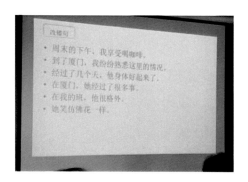

첫 수업 광경

도서관

　도서관은 내 생각보다 엄청 컸다. 돌계단을 한참 올라 입구에 도달하니 자동문이 스르르 열리고 그 사이로 냉기가 확 뿜어져 나왔다. 천장 높이는 약 5㎜는 되어보였다. 에어컨이 빵빵하게 돌아가 밖의 온도는 35도를 오르내리는데 내부는 추위를 느낄 정도였다.

　내부에 전철 개찰구를 통과하는 것처럼 전자학생증을 갖다 대니 통과문이 열렸다. 안으로 들어가니 거의 원형 실내운동장 같은 사이즈의 로비가 나오고 우주관측소 같은 돔식 유리 천장이 5층 높이에서 까마득한 하늘과 함께 눈에 들어왔다. 좌측으로 눈을 돌리니 컴퓨터실과 자료열람실, 복사실이 있었고, 조금 우측에 컴퓨터실 등이 위치했으며, 가는 입구에는 휴식할 수 있는 소파가 양쪽으로 길게 놓여 있었다. 학생 서너 명이 그 소파에 누워 잠을 청하고 있었다. 여기는 점심 낮잠시간이 있어 점심시간이 되면 남녀 학생 가릴 것 없이 바닥이든 소파든 누워서 낮잠을 자는 거다. 처음엔 생소한 모습에 좀 서먹서먹했으나 이들은 이게 일상이다.

대충 훑어보고 우측 반대쪽으로 눈을 돌리니 외국어 학습실이 보여 그리로 이동해 내부를 보니 입구에 8인용 소파 테이블이 양쪽에 6개, 입구가 2개니까 총 12개가 놓여 있었고, 어떤 학생은 테이블 위에 책을 놓고 보고 있으며 또 다른 학생은 전면 소파에 역시 길게 누워 잠을 청하고 있었다. 소파 테이블이 있는 입구를 지나 안으로 들어가니 50명은 족히 앉아 쉴만한 응접실 같은 넓은 공간이 있고 좌측으로는 대형 평면TV 3대가 반원 테이블을 마주 보고 걸려있었다. 눈을 돌려 반대편을 보니 외국어 강의를 할 수 있는 것 같은 소형 강당이 자리하고 있었다.

내부는 다음에 다시 보기로 하고 돌아 나와 골뱅이처럼 생긴 계단을 통해 2층으로 올라갔다. 전면에 전시실이 있어 들러보니 이 학교의 역사가 사진으로 수십 장이 벽에 걸려 있었다. 1956년 당시 설립자, 총장, 학장, 교수, 학생들이 기념으로 찍은 사진들을 둘러보고 나오니 오른쪽에 제2열람실이 보였다. 원형으로 된 열람실에는 1,000명 정도의 학생이 앉을 수 있었다. 한쪽에 외국어 어학책부터 역사, 지리, 인문 도서들로 열을 지어 놓여 있었다. 외국어 책 코너에는 각기다른 한국어 교습책도 한 20권 정도 꽂혀 있었고 그중에는 북한에서 출판 된듯한 조선어 교습책도 포함되어 있었다. 바로 옆에는 일본어 교습책도 있었는데 한국보다 5배 정도는 많아 보였다. 한류 한류 하지만 아직 일본에 비하면 이제 시작 이구나 하는 생각이 들어 씁쓸한 마음을 지울 수가 없었다.

2층부터 5층까지 5,000명 정도 열람할 수 있을 정도의 규모였다. 3층은 자연과학, 4층은 경영·경제, 5층은 이공계 등 알고 보니 중국에서도 손가락 안에 꼽히는 장서 규모와 열람실 사이즈였다.

학기 초라 그런지 5,000여 석이 꽉 차 앉을 자리가 없었다.

열람실

도서관 내부

덕왕 도서관

咖啡厅[가페이팅](커피숍)

　　도서관을 나와 일층으로 내려오면 자전거 주차장 모퉁이에 가페이팅이 자리 잡고 있다. 여기서는 커피, 음료, 간편식이 판매되고 있었고 식당이 좀 멀리 있는 관계로 간식을 주문하려고 "这个 多少钱[저거 두어샤오 치엔](이거 얼마예요)?" 하니까 자리에 앉아서 위챗으로 주문하란다. 뻘쭘해서 직접 사면 안 되냐고 물었더니 안 된단다. 하는 수 없이 자리를 잡고 앉아서 위챗을 열고 테이블에 붙여진 QR코드를 스캔하니 이 가페이팅의 메뉴가 사진으로 보였다. 음료수 1개와 간단한 덮밥을 선택하고 확인을 누르니 50元(9,000원 정도)가 나왔다. 학생식당에 가면 10元이면(1,700원) 배터지게 먹는데 그에 비해 비교적 비쌌다. 망고 주스는 직접 갈아서 만든 망고 과일의 원액이며 시원하고 맛이 있었다. 여기는 도서관에서 자리를 못 잡은 학생들은 혼자서 혹은 삼삼오오 식사를 하며 얘기도 하고 노트북을 펼쳐놓고 과제 토론을 하기도 하는 거 같았다. 언뜻 봐도 중국 대학생들의 학습량이 한국 학생보다 많아 보였다.

　나중에 알아본 본과생들의 시간표는 우리나라 고3정도의 꽉 찬 시간표였으며, 도서관 로비에서는 소리 내어 외우는 소리가 마치 벌 소리처럼 들려왔다. 주간야간이 따로 없는 이 대학의 생명과학학원(대학)에 재학 중인 한 학생은 8시부터 5시까지 수업하고 6:30부터 10시까지 실험실습을 1주에 몇 번씩이나 한다고 들었다. 그래서 그런지 학생들은 모두 바빠 보였으며 때론 지쳐 보이긴 했지만 눈빛 하나는 초롱초롱했다. 한마디로 학구열이 대단했다. 나도 그 분위기에 동화되어 나도 모르게 밥을 먹으면서 다음 시간 책을 펴놓고 예습을 하고 있었다. 잠시 고개를 들어 밖을 내다보니 파란 하늘에 구름 한 점 없이 맑은 하늘과 나무 숲 사이로 노랑꽃 빨간 꽃들이 고개를 내밀었다. 때마침 그 카페에서는 'Your are my everything'이 흘러나왔다. 왠지 모를 외로움이 나를 감싸왔다. 마음을 가다듬고 시계를 보니 2시가 다 되어가고 있어 책에 집중하기 시작했다.

해외교육원 내 커피숍

커피숍 내부

听力[팅리](듣기)

　　점심시간이 끝나고 듣기수업을 위해 강의실을 찾았다. 책상마다 헤드폰이 놓여 있었는데 수업이 시작되자 선생님의 간단한 소개와 함께 헤드폰을 끼고 단어와 본문을 듣고 문제에 답하는 형식으로 진행되었다. 중간중간 선생님이 학생에게 비슷한 상황에 대하여, 예를 들면 최근 "중국 중학생들의 하루 일과표는 개인시간이 없을 정도로 꽉 차 있는데 7시 기상 등교, 4시 30분 하교 후 미술학원, 음악학원, 영어학원 등등이 끝나고 나면 밤 10시를 전후해서 집에 들어오는 일과가 매일 반복되어 그 문제를 우려하고 있다. 너희 나라 중학생의 하루 일과표는 어떠하냐."는 등의 질문이 개개인에게 던져졌다. 나도 한국의 경우 중국과 "차부두어(많이 다르지 않다)."라고 답하고, "그러나 점차 개인의 취향을 존

중해가면서 학생의 자율에 맡기는 쪽으로 변해가고 있는 것 같다."고 대답했다.

"이는 아마도 지금 중학생의 부모 세대가 다람쥐 쳇바퀴 돌 듯 남이 하니까 나의 자식도 남에게 처지지 않게 하기 위하여 학생의 의사는 무시하고 부모의 강요에 의하여 행해진 사교육과 빠듯한 수업시간이 개인에게 그다지 도움이 되지 않고, 오히려 개성이나 창조력 개발에 부정적 요인으로 작용했다는 생각이 들어 자기 자녀에게는 이와 같은 획일적인 교육방식을 지양하겠다는 의지가 반영되었던 것 같다. 또한 요즘 중학생들의 트렌드도 많이 변화하여 자연스럽게 자율교육으로 흘러가지 않는가 하는 생각이 든다."고 답을 했다.

나이가 꽤 든 내가 떠듬떠듬 얘기를 하니까 선생님은 집중해서 듣고 나서 중국도 그 방향으로 가는 것이 좋지 않을까 생각한다고 동의해주셨다. 선생님의 동의를 받자 나는 학창시절 학생처럼 어깨가 으쓱해졌다.

나는 미국, 영국, 프랑스, 독일, 러시아, 밸라루스, 인도네시아, 필리핀, 베트남, 태국, 몽고 등 여러 나라에서 온 학생들의 의견을 하나씩 듣고 나서 다른 연습문제를 풀기위해 다시 헤드폰을 썼다.

첫 주말 금요일

　　금요일은 수업이 없어서 주말 금·토·일이 휴일이다. 휴일 동안 무얼 할까 고민한 끝에 샤먼대학 본교를 탐방해 보기로 하였다. 원래 샤먼대학은 인문계 중심으로 쓰밍지구에 있었으나 이공, 자연, 생명공학, 환경에너지 등의 중요성이 증대됨에 따라 상안 캠퍼스를 신설하게 되었다. 그에 따라 해외교육원도 상안 캠퍼스에 위치하여 공룡 같은 캠퍼스만 덩그러니 놓여 있고, 외진 동네에 위치하여 부근에는 학생들을 위한 음식점이나 간단한 찻집, 마트 등이 전부이다. 그래서 아름답기로 소문난 대학 캠퍼스며 관광코스로 유명한 샤먼대학 쓰밍 캠퍼스로 가보기로 했다.

　　일단 자전거를 타고 제2식당에서 아침식사를 하고 다시 학교 동문을 통과하여 왼쪽으로 버스정류장을 향했다. 노선도를 확인한 후 쓰밍 캠퍼스로 향하는 534번 버스를 확인하고 난 뒤 20여 분을 기다린 후 버스가 왔다. 줄 중간쯤서서 차례를 기다리며 앞 학생이 차비로 내는 금액을 확인했다. 학생들은 학생증을 센서에 갖다 대고 일반인들은 1元[위안](165원)을 넣는 것이 보였다. 또 2元을 넣는 사람도 있다. 내가 의아하여 물어보니 샤먼 시내는 섬도시라 바다를건너면 2元, 건너기 전까지는 1元이라고 한다.

2元을 넣고 빈자리를 찾아 앉았다. 달리는 버스에서 차창 밖을 바라보니 대학 서문에 한 번 서고, 남문에 한 번 서고, 2정거장에 걸쳐있는 캠퍼스가 끝나고 황량한 시골풍경이 눈에 들어왔다. 이윽고 버스는 해저터널에 밑으로 통화하여 약 40분 만에 쓰밍 캠퍼스에 도착했다. 입구에는 벌써입장하려는 관광객의 줄이 길게 늘어서 있었다. 나는 줄을서지 않고 전자학생증으로 정문을 통과할 수 있었다.

학교 안은 관광객 반 학생 반, 아니 관광객 수가 더 많아 보였다. 길게 늘어선 가로수 사이를 지나 이 대학의 상징이며 샤먼시의 랜드마크 嘉庚楼(가경루)를 향했다. 아름다운국제 규모 대운동장을 지나, 管理馆(경영관) 南馆(남관)을 지나 교내편의점에서 학생카드로 음료수를 구입하고 유명한 푸롱(부용) 터널에 도착했다. 이 터널은 캠퍼스 입구 반대편에서 돌아오는 학생들의 등굣길을 위해서 뚫은 것으로 자전거와 사람만 이용 가능한 작지만 긴 터널 형상을 하고 있다. 그 안으로 들어서니 터널 양 벽면에 무수한 벽화가 빈틈없이 그려져 있었다. 등교 편의를 위해 뚫어준 터널에 대한 감사의 표시(?)로 각 단과 대학별 벽화와 또 만화 캐릭터, 유명 작품을 모방한 모방화, 군사훈련화 등등 낙서 같은 그림들이 많았다. 그중에 유명한 벽화도 있어서 그 그림 앞에서 사진을 찍으려고 순서를 기다리며 줄 선 사람들도 있었다. 그 동굴 끝까지 갔다 오는데 걸어서 3, 40분가량 걸린 것 같았다.

다시 음악관, 정경관 건물을 지나 아름다운 호수를 마주한 가경루가 나타났다. 호수와 어우러진 그곳이 왜 관광지가 되었는가를 설명해주고도 남았다. 부용호수에는 유명한 흑조가 관광객들의 인기를 한 몸에 받으며 헤엄치고 있었고, 그 반대편 조그만 광장이 바로 뷰포인트(View Point)였다. 어디서 사진을 찍어도 작품이 나올 것 같은 완벽에 가까운 경치였다.

한참을 감상한 후 교내 학생식당을 찾았다. 규모는 상안 캠퍼스보다는 작았지만 메뉴는 꽤 특색이었다. 익숙한(?) 방식으로 식판에 떠둔 대·중·소량의 밥 중에서 소를 선택해서 옆으로 손으로 길게 내밀어 这个[저게](이거) 这个 하고 주문을 했다. 마지막에 可以[커이](ok) 하자 식당 반찬을 배식해주는 아주머니가 가격을 9.8위안을 찍었다. 나는 전자학생증으로 결제를 하고 맛있게 '혼밥'을 했다.

둘러보고 4시쯤 정문을 빠져나왔다. 버스정류장까지 걸어가는 동안 우측으로 '남보타사'가 보였다. 여기도 관광지로 유명한 사찰이나 시간이 없어 다음에 오기로 하고 버스에 올랐다.

대형 운동장

가경호수 흑조

가경루

뷰 포인트

골프 연습장

다음 날 아침을 먹고 캠퍼스 맵을 봤더니 골프 연습장이 눈에 띄었다. 기숙사에서 그리 멀지 않은 곳에 위치하여 자전거를 타고 나섰다. 도착하니 생각보다 훨씬 넓어 50타석 정도 있었고, 350야드(Yard) 드라이버를 풀로 쳐도 될 만큼 길이도 만족스러웠다. 이미 여러 학생들이 나와서 연습을 하고 있었다. 대부분 처음 쳐보거나 초보자들이었다. 어쨌든 그 학생들은 이 대학에 입학하였으니 말로만 듣고 TV로만 보던 골프를 접하게 되는 특혜(?)를 누리게 됐다. 여러 번 느낀 거지만 캠퍼스 내의 환경, 생활방식, 패션 등은 캠퍼스 밖의 그것과 너무 대조되어 캠퍼스 내는 귀족사회, 밖은 평민사회 같이 여겨졌다. 대학생이 골프를 접하는 것은 한국에서도 그리 쉽지 않다.

볼을 한 50개 치고 나서 학생들 뒤에 가서 치는 모습을 보니 레슨 본능이 생겨났다.

"볼을 무리하게 빨리 치려 하지 말고 만만디휘간(천천히 휘둘러)."

"골프채와 볼이 맞을 때 끝까지 볼을 보아야 하며 고개를 들어서는 안 된다."라고 하며 중국어 연습도 할 겸 레슨을 하기 시작했다. 처음 접하는 골프는 그리 쉽지 않다. 보기는 쉬운데 막상 해보면 어렵다. 그래서인지 학생들이 나에게 "말로만 들어서는 잘 이해가 않되니 시범을 좀 보여주세요." 한다.

그래서 나는 타석에 들어서서 "자 이렇게 셋업을 하고 천천히 백스윙 한 다음, 가속도를 붙여 채를 내리면서 팔로우 스윙까지 부드럽고 자연스럽게 가면 된다."라고 말하며 힘차게 클럽을 휘둘렀다.

순간 딱 소리와 함께 볼이 예쁜 타원을 그리며 날라가는 모습을 보고 학생들이 Wa~ 탄성을 자아냈다. 몇 개 더 치는 모습을 보더니 학생들이 서로 "나도 레슨해주세요.", "나도요~." 하며 내 주위로 몰려들기 시작했다.

나는 내심 기뻐하며 자기 자리에 가서 연습하고 있으면

내가 한 사람씩 찾아가서 레슨을 하겠노라고 말하니 모두 자기 자리로 돌아갔다. 1번 학생부터 볼 놓는 위치와 스탠스, 팔의 모양, 그립, 임팩트, 백스윙, 팔로우 스윙 등에 대하여 차근차근 설명하니 학생들 눈이 반짝반짝 빛이 나며 집중하며 듣고 질문하니 나는 더욱 신이 났다. 수업 중에는 학생들과 나이 차이가 많이 나서 서로 다가가기 어려워 서먹했는데, 여기서 골프를 가르칠 때는 학생들이 궁금한 걸 질문하고 관심을 가지니 자연스레 빠른 시간에 학생들과 친해지는 계기가 되었다.

골프 연습장은 중국어 어학연수 중 최고의 선택이었다. 이를 계기로 많은 중국 본과 학생들과도 친해지게 되어 나중에 중국 생활, 언어 공부 등에 많은 도움이 되었다. 기다리며 연습하는 모든 학생에게 레슨을 할 때도 정말 시간 가는 줄 몰랐다.

교내 골프 연습장

예기치않은 퍼포먼스

　어느 날은 학생식당에서 저녁을 먹고 나오는데 갑자기 비트음악과 함께 식당 앞 광장에서 춤판이 벌어졌다. 음악이 나올 때부터 놀라웠으나, 그 음악에 맞추어 춤추는 젊은 학생들의 춤을 보고 약간 충격을 받았다. 사회주의 국가에 대한 고정관념이 남아있는 나로서는 '학교 안에 웬 군인이 학생보다 더 많아?' 하고 불평 아닌 불평을 하고 있었는데 웬걸, 음악과 사이키 조명에 맞추어 춤을 추는 그들의 열정과 미국 거리에서나 볼 수 있을법한 과감한 동작, 브레이크 댄스, 여학생의 옷차림, 춤이 점점 고조되자 팀이 바뀌어가며 진행해가는 등 난리도 아니었다. 이윽고 레깅스 차림의 여학생이 헤드뱅잉을 미친 듯이 하더니 맞은편 남학생 파트너의 무릎 위로 날아올라 허리에 발깍지를 끼고 빙글 도는 것을 본 나는 여기 와서 한번 분실하고 새로 산 스마트폰으로 연신 그 장면을 사진에 담았다. 사진만으로 부족하여 동영상도 여러 편을 찍었다.

어쨌든 이 일은 나의 중국에 대한 고정관념을 또 한 번 깨게 한 사건이었다. 엄청 획일적이고 정형화된 사상교육 하에서 자유분방함은 상상도 못할 거라 생각했는데 그 편견을 깨기에 충분했다. 왠지 모를 안도감과 이후 중국 생활에 대한 기대, 설렘 등을 품고 기숙사로 향하는 길에는 처음 본 교내 가로등 불빛이 보름달과 함께 그 큰 호수 위에 영롱히 반짝이고 있었다. 언덕길을 오르는 자전거 페달에 나도 모르게 힘이 가해졌다.

식당 앞에서
갑자기 벌어진
브레이크 댄스

학생 군사교육

　나는 처음 학교에 도착한 날 '수많은 군복 입은 사람들이 도대체 어디서 훈련을 받고 막사는 어디에 있을까?', '모든 중국 대학 내에는 군대가 존재하나?' 등의 의문을 가지고 있었다.

　어느 날은 학교식당에 점심을 먹으러 갔는데 그 군복 입은 사람들이 그 넓은 식당의 70%를 차지하고 있는 게 아닌가! 앞에서 식당 규모에 대해서는 잠깐 언급했지만 70%면 약 700명 정도에 이르는 군인들이다. 배식을 받고 자리에 앉아 가만히 살펴보니 그 군인들이 의외로 앳되고 표정도 밝아 보였다. 더욱이 군복을 입지 않은 학생들과도 깔깔거리며 얘기하고 장난도 치면서 밥을 먹는 게 아닌가. 그 순간 혹시 학생 군사교육(?)이 스치고 지나갔다. 나중에 중국어 동아리에서 알게 된 중국 학생에게 궁금해서 물었더니 중국에서는 초·중·고·대 각 급 학교에서 남녀 구분 없이 의무적으로 학생 군사훈련을 이수해야 상급학교에 진학할 수 있다고 한다. 초·중·고는 4박 5일 간의 집체교육을 받고 대학생의 경우 1학년 때 3~4주간 훈련을 받으며, 3학년 필수 이수과목이어서 대충 받는 건 불가능하다고 했다. 얘기를 듣고 나니 군복을 입었지만 군인 같지 않은 해맑은 표정과 훈련 마치고 숙소로 돌아가는 자유분방한 걸음, 식당에서의 앳된 깔깔거림 등이 이해가 되었다.

그 후 그들의 훈련 모습도 보게 되었는데 여기 중국 샤먼은 땡볕 무더위 속에서 땀을 뻘뻘 흘리며 제식훈련과 사격 자세 등의 교육이 타이트하게 이루어지고 있었다. 교관의 모습을 보니 정말 군인처럼 보였다. 딱딱하고, 유도리 없고 냉정한. 까맣게 탄 얼굴과 표정은 나의 군대생활 시절 조교를 떠올릴만한 그런 모습이었고, 훈련받는 학생들의 표정에서 교련시간에 훈련받던 나의 고교 시절이 교차하며 스쳐 지나갔다.

학생군사교육 광경

여학생들 군사교육중 휴식시간

国光楼[구어광로우]

나의 기숙사동의 이름이다. 해외교육학원에서 수업을 마치고 내 방으로 들어와 간단하게 씻고 책상 앞에 앉아 예습을 하려고 책을 펼치는 순간, 밖에서 기타 소리와 노래 소리가 들려왔다. 이윽고 신이난 학생들이 합창을 하기 시작하였다.

내가 2층 방에서 베란다 문을 열고 밖을 내다보니 태국 학생, 인도네시아 학생, 터키 학생, 일본 학생 등 10여 명이 둘러앉아 마치 MT 온 것처럼 즐기고 있는 모습이 보였다. 이제 막 10일 정도 지났는데, 역시 젊으니까 친해지는 속도도 빠른가 보다 하고 생각했다. 나는 참여하지 못한 채 2층 방안에서 그들을 바라보며 나의 젊은 시절을 떠올리고 있었다. 부러웠다.

그 노랫소리가 잦아들고 저녁때가 되어 밥을 먹고 돌아오는데 "Mr. BAN." 하고 나를 누가 부른다. 그는 우리 반의 터키 학생으로 쉬는 시간에 몇 마디 얘기를 나눈 파루크였다. 그는 터키에서 대학을 졸업하고 이 대학의 석사과정 입학허가를 받고 어학연수 중인 30대 전후의 학생이었다. 비교적 나이든 유학생이다.

기숙사에는 터키 학생들이 꽤 많았다. 파루크의 친구들이 다가와 인사를 하고 이것저것 얘기하고 있는데 중국어에 익숙하지 않은 그들은 터키말로 수다를 떨었다. 나는 문득 20여 년 전 미국 여행 갔을 때 어느 조그만 호텔의 아담한 식당에서 조찬을 하고 있던 일이 생각났다. 테이블이 1개밖에 없어서 나와 동행한 사장님, 그리고 처음 보는 미국 아줌마 이렇게 겸상을 하게 되었다. 동행한 사장님은 영어를 잘했기 때문에 미국 아줌마와도 자연스럽게 인사하고 얘기를 나누었다. 나와 얘기를 나눌 때는 그 사장님이 한국말로 했기 때문에 말을 못 알아들은 미국 아줌마가 갑자기 "Why don't you speak english now?" 하고 말을 했다. 그때는 그 이야기가 이해가 안 됐는데, 지금에서야 그 이유를 알 것 같았다.

다음 날은 남아공에서 유학 온 Petric(페트릭)이라는 학생하고 기숙사 1층에서 한참 이야기를 나누었다. 그는 신앙심이 아주 깊고 '밀크'를 '멀크'라고 발음하는 호기심 많고 진지한 학생이었다.

발표 I

베이징의 사계에 대한 수업을 마친 후 각 학생별로 자기 나라의 사계절에 대해 발표하는 시간이 이어졌다. 나는 물론 한국의 사계에 대해 발표를 하게 됐다. 그 준비과정에서 PPT를 작성해야 했는데, PPT에 서투른 나는 도서관을 찾아 컴퓨터실로 향했다. 일단 네이버에서 한국의 사계에 대한 사진을 검색하는 데는 성공, 이를 PPT로 옮기는 데서 막혔다. 도서관 컴퓨터는 메뉴가 중국어로 되어 있어 읽기도 힘들었지만, 읽을 수 있다 하더라도 뜻을 모르는 경우가 많았다. 할 수 없이 옆에서 컴퓨터 작업을 하고 있던 학생에게 도움을 요청했다. 그러나 그 학생도 네이버에 있는 한글을 이해하지 못해 당황했는지 파워포인트 작성의 도움을 적절히 받을 수가 없었고 순조롭게 이뤄지지 않았다.

몇 명의 학생을 거치고 난 다음 겨우 그 사진을 위챗으로 보내고 다운받아서 PPT에 올리는 형식을 취했다. 우여곡절 끝에 PPT를 어느 정도 완성했는데, 이번엔 그 파일을 USB에 옮기는 일이 만만치 않았다. 학생들의 헌신적인 도움으로 겨우 USB에 옮기는데 성공했다. 다음으로 강의실에 있는 컴퓨터에 연결하는 문제가 남았는데, 먼저 발표한 필리핀 학생이 위챗에 있는 파일을 바로 사용하는 것을 보고 저 방법이 더 간편하겠다 싶어 방법을 물었다. 스마트폰 위챗과 위챗 PC버전을 연동시켜서 내 대화창으로 보낸 PPT 파일을 스크린에 띄우는 방식이었다.

무사히 발표를 마치고 뿌듯한 나는 질문 있는 학생은 질문하라고 자신 있게 말했다.

발표하는 모습

중국만두 제조실습

    1학기 우리 반은 서양 학생이 많은 편이라 그들 나라와 다른 중국 문화에 엄청 신기해하고 호기심이 많았다. 그래서인지 동서양 간 사고방식도 교류할 겸 서로 서먹한 관계를 해소하고 친목을 도모하기 위한 과외 수업의 일환으로 종합 중국어 선생님의 권유에 따라 샤먼에서 오랜 전통을 가진 교자 만두집(여기는 50위안을 내면 직접 만두를 빚을 수 있다. 만드는 법까지 배울 수 있으며 자기가 만든 만두로 요리까지 해준다)으로 가기로 했다.

    이번 주 금요일에는 수업이 없으므로 반장 인솔하에 출발하기로 했다.

    출발 당일 처음으로 교외를 나와 학교 동문 앞 버스 정류장에서 9시에 학생 모두 만나서 출발했고, 샤먼 시내에 내려서 시내 순환버스로 갈아타고(순환버스 정류장은 육교 2층에 있어 고무 토큰 같은 표를 사고 개찰구를 통과한다) 목적지에 내렸다. 꽤 복잡하고 오래된 건물이 즐비한 골목을 돌아 만두집에 도착했고, 조금 있다가 선생님도 자신의 어린 딸을 데리고 오셨다.

겉으로 보기엔 허름한 건물 안으로 들어가니 우아하고 고전적인 인테리어로 꾸며져 있었고, 이미 두툼한 목재 식탁 위에 만두를 만들 재료들이 준비되어 있었다. 마음씨 좋게 생긴 아주머니 4명과 점잖은 남자 1분이 우리를 정중하게 맞이하였다(여기는 워낙 유명한 곳이라 예약을 해야 입장할 수 있다).

곧이어 숙련된 아주머니들의 화려한(?) 만두 빚기 시범이 펼쳐졌고 학생들은 신기한 듯 쳐다보고 있었다. 다 빚은 아주머니들이 몇몇 학생들에게 질문을 한 뒤 드디어 각자 먹을 만두를 빚기 시작하였다. 대부분은 처음 빚어보는 만두라 삐뚤빼뚤 엉망이라 아주머니들이 돌아가면서 만두 빚기를 도와주고 있었다. 나는 만두를 좀 빚어본지라 비교적 잘 만들고 있었으나 마무리하는 방법이 좀 달라 신기해하는데 아주머니 한 분이 다가와서 어느 나라서 왔냐고 묻기에 한국에서 왔다고 하니 빙그레 웃으며 "한국도 만두가 있지요?" 하며 능숙하게 한국식 만두를 빚기 시작하였다. 금방 완성한 후 나에게 "어때요?" 하기에 나는 "헌하오(아주 좋아요)."라고 엄지를 치켜세웠다.

　나도 나서서 다른 학생에게 만두 만들기를 도와주며 즐거운 시간을 보냈다.

각국 학생들과 만두 빚기

만두집 외면

만두집 내부

스마트폰 활용법

처음 중국에 오면 당황스럽게 하는 것은 여러 가지 있지만, 스마트폰 사용법이 다르다는 것 또한 나를 당황시켰다. 우선 한국에서는 카카오톡이니 페이스북이니 유튜브 같은 것을 사용하는 게 일반적이다. 그러나 중국은 이 세 가지를 사용하기 어렵다. 그 이유는 정책상 중국 정부에서 허용하지 않기 때문이다.

우리나라에서 대중화되어 있는 메신저 응용프로그램 카카오톡처럼 중국은 위챗(Wechet)이라는 어플을 사용하는데, 이것을 사용할 줄 모르면 의사소통(Communication)의 한계를 느낀다 하여 위챗 어플을 다운받고 간단한 사용설명법을 들은 뒤 사용하기 시작했다. 이는 매우 중요한 일로, 중국뿐만 아니라 전세계적으로 젊은 세대는 말할 것도 없고

40대 이상의 아저씨들도 점점 사용자가 늘어가고 있었기 때문이다. 그럴 수밖에 없는 것이 이러한 모바일 메신저는 이전 세대와는 달리 직접 만나지 않아도 매일 온라인으로 정보를 주고받고 대화를 나누며 마치 만나서 얘기하는 것처럼 자연스러운 의사소통법이 되었기 때문이다. 친구끼리, 친한 친구끼리, 혹은 동호회끼리, 가족별, 연령별, 친구 종류별 단체방을 만들어 소통을 한다. 여기에 소속되지 않으면 오프라인상 가끔 만난다 하더라도 외톨이가 되기 쉽다. 왜냐하면 이미 메신저상에서 이야기를 나누어, 이미 그러한 정보를 밑에 깔고 담소가 나누어지기 때문이다. 그래서 단체방의 스토리나 역사를 모르면 무슨 말을 하는지 감을 잡을 수가 없다. '얘들이 지금 무슨 얘기를 하나?' 하고 당연히 어리둥절해지기 마련이다.

이 정도로 SNS, 메신저 등은 현대사회 생활에서는 없어서는 안 될 의사소통의 중요한 일부분을 차지하게 되었다. 중국에는 한국의 메신저 도구인 카카오톡이 없기 때문에 위챗이 그를 대체한다.

나는 중국어 향상을 위하여 위챗 친구를 많이 만들기로 마음을 먹고 우리 반 학생은 물론 도서관에서 도움을 받은 학생에게도, 汉语角(중국어 모임)에서 같은 테이블에 앉아 얘기한 학생에게도, 길을 물어본 사람에게도, 나와 골프연습장에서 만난 학생에게도, 운동할 때 만난 경우에도, 식당에서 가끔 같은 테이블에서 밥 먹다가도 '위챗 친구를 할까요?'라고 물었고, 그들은 거의 대부분 동의를 해줬다.

그들이 휴대폰을 꺼내어 자신의 QR코드를 보여주면 나도 위챗에 접속하여 그의 QR코드를 스캔하고 동의를 누르면 우리는 위챗 친구가 된다. 그리고 의문사항이나 관심사를 물어보기도 하며, 특히 친구로 등록하면 친구 그룹에도 가입되어 朋友圈(위챗 친구 서클) 활동을 할 수가 있다. 朋友圈[펑요우치엔]은 사진이나, 스토리, 공연, 새로운 정보 등을 올리면 친구를 맺은 모든 사람이 그것을 볼 수가 있고, 페이스북처럼 좋아요와 댓글을 달 수가 있다. 이것을 사용하면 우선 중국어 쓰기에 많은 도움이 된다. 무슨 의견을 쓰려면 직접 글자를 쓰거나 모르면 사전을 찾아서라도 정확한 문자를 찾아 써야 하기 때문이다. 또 독해능력이 향상된다. 예를 들어 어떤 학생이 사진을 올려놓고 그에 대한 설명을 해놓으면 모르는 단어가 눈에 들어오고, 그 내용을 명확히 알려면 그 단어의 뜻을 사전에서 찾아보는 일을 계속할 수밖에 없기 때문이다. 세 번째는 그들이 많이 사용하는 인터넷 용어, 이모티콘의 의미 등등을 자꾸 보게 되어 종국에는 그 뜻을 알게 된다는 것이다. 이것은 개인적으로 의사소통에서 매우 중요하다고 생각한다. 줄임말을 쓴다던지 발음이 같은 다른 글씨를 서로 그 뜻을 이해해야 하며, 그 속에는 풍자와 해학도 들어있기 때문이다.

이모티콘의 의미도 우리나라와 다른 경우가 많다. 예를 들어 웃는 표정도 비웃는 거, 만족해서 웃는 거, 그냥 웃는 거, 좋아서 웃는 모양을 다 다르게 사용하고 있기 때문이다. 나중에 확인해보니 약 200명의 위챗 친구가 저장되어 있었다. 한국에서 수십 년 사용한 페이스북의 친구가 150명인데 비하면 단기간에 꽤나 많은 숫자이다.

위챗(웨이신) 사용 예

1. 메인화면에서 나를 클릭　　2. 위챗페이 클릭

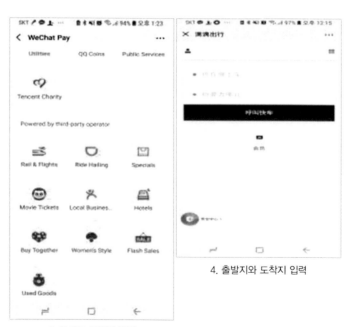

3. 라이드 하일링 클릭　　4. 출발지와 도착지 입력

알리페이, 위챗페이 결제 및 구매 방법

중국에서는 모든 물건을 구매할 때 현금이 거의 필요 없다. 스마트폰으로 전부 결제한다. 택시비, 구멍가게에서 음료수를 살 때, 식당에서, 하물며 거리의 노점상까지 자판대에 QR코드를 복사해 크게 붙여놓아서 내 스마트폰으로 스캔하면 결제가 완료된다. 이 대표적인 툴이 알리페이와 위챗페이이다. 이것을 사용하려면 우선 중국은행에 계좌를 개설하고 인민폐를 넣어놓아야 한다. 그러면 돈이 연동되어 그 금액만큼 결제되는 방식이다. 이것을 사용하나 안 하나를 통해 외국 관광객인지, 현지인 또는 장기 거주자, 유학생인지를 알 수가 있다. 택시의 경우에는 우선 예약을 하고 목적지 도착한 후 후불로도 지불이 가능하다.

지불하는 방법은 2가지가 있다. 상대방의 QR코드를 스캔하여 금액을 적어 넣는 방식과 내 QR코드를 상대방이 스캔하는 방식이 있다. 식당에서는 QR코드를 스캔하면 모든 메뉴의 가격과 함께 사진도 볼 수 있으며, 그것을 보고 클릭하여 주문과 결제를 할 수가 있다. 가끔 중국 관광객들이 한국에 와서 왜 한국은 QR코드를 이용한 지불방식이 없는지에 대해 불평하는 사람이 있을 정도로 중국은 스마트폰 결제가 보편화 되어 있다.

알리페이와 위챗페이의 차이점을 잠깐 알아보면 알리페이는 알리바바에서 운영하며 물건구매나 대금지불을 할 때 소비자는 구매나 사용 시 돈을 알리페이에 지불한다. 판매자나 서비스 제공자는 물건이 소비자에게 전달 완료되거나 서비스 완료 확인 후 알리페이에서 돈을 지불 받는 형식이다. 반면 위챗페이는 소비자가 돈을 지불하면 바로 결제되는 시스템이다. 전에 언급한 전자학생카드는 교내에서 식당, 편의점, 커피숍 등을 이용하는데 사용한다. 그러나 교내식당 사용 시 알리페이나 위챗페이는 사용할 수 없는 것은 물론 현금도 사용불가이며 전자학생카드만 사용할 수 있었다.

1. 위챗 메인화면에서 검색 클릭   2. 스캔을 클릭하고 QR코드를
스캔하고 금액 입력

축제 및 발표회

　　중국에는 운동회, 중국의 날 축제, 10·10 축제, 단오 축제, 연말연시 축제 등이 있다. 이중 가장 큰 행사는 연말연시 축제로 덕왕 도서관 앞에 특설무대가 꾸며지며 특설무대 꾸미는데 약 한 달은 걸릴 정도로 규모가 크다. 중국답게 조명시설은 오색, 무지개색으로 화려하며 방송국 야외 공연장과 흡사하다. 1년 동안 일어난 소식 즉, 학교 내외 행사와 발표회, 동아리활동 등등을 영상으로 대형화면에 보여주며, 각 학과에서 준비한 발표나 춤, 음악, 우슈 등의 경연이 펼쳐진다.

　　기타 축제에는 단과대학별로 치루거나 그 특성에 맞게 장소와 축제 내용이 다양하다. 해외교육대학에서는 각국 학생이 참여하는 중국어 발표회가 있고, 체육대회, 태국 학생이 주최하는 수빙제 등이 있다.

국제 중국어 토론 발표

연말연시 축제 무대 설치

우슈 시연

에너지 대학 축제

동아리 활동

대학 내에는 다양한 동아리 활동이 개설되어 있다. 앞 장에서 언급한 高尔夫社団(골프회), 음악, Dance, 역사, 여행, 등산, 영어, 민속, 우슈, 체육, 농구, 배구, 그리고 각 단과대별 동아리, 지질, 천문, 생명과학, 의료, 국제 등 나열하기 어려울 정도로 많다. 그러한 동아리 가입은 학생회관 등을 통하여 적극적으로 찾아보아야 다양한 동아리 활동에 참여할 수가 있다. 시간만 된다면 많은 동아리 활동에 참여하는 것이 중국어 학습에도 도움이 되고 문화, 역사, 관념, 사고 등을 파악하는데 도움이 된다.

나는 우선 海外教育学院(해외교육대학) 내의 汉语角(중국어 모임)에 참여하기로 했다. 장소는 해외교육대학동 지하 1층 咖啡厅[카페이팅](커피숍)에서 매주 화요일 7:30~9:00까지 활동하며, 첫날은 시간을 놓쳤다. 둘째 날에 계단을 따라 내려가 보니 벌써 많은 학생들이 모여 있었다. 중국 학생 동아리 위원들이 안내한 대로 자리를 잡았다. 참여 인원이 많아 밖에 마련된 테이블까지 꽉 찼다. 우리 테이블에는 영국학생, 프랑스 학생, 인도네시아 학생, 태국 학생, 그리고 나, 중국 학생 3명이 자리했다. 서로 서먹해서 미소만 짓고 있기에 내가 서투른 중국말로 각자 자기소개를 해보는 게 어떻겠느냐고 했더니, "好好(하오하오)(좋아요.)" 했다.

내가 제안을 했으므로 나부터 소개를 했다. 나는 한국에서 제조업을 30년 동안 하다 '은퇴하고 뭘 할까?'를 고민하다가 사업하는 동안 중국에 올 일이 몇 번 있었는데 통역하는 사람이 중간에 있으니 타이밍도 안 맞고 불편했다. 그래서 중국어 공부를 좀 해서 통역 없이 해보자는 생각을 10여 년 전에 했는데 차일피일 미뤘다. 짬짬이 인터넷 등을 통하여 독학으로 준비를 했으나 한계가 있어 개인교습 사이트를 통해 한국에 유학 온 중국학생에게 1주일에 1번씩 교습을 한 1년간 받았다. 말이 1년이지 한 달에 4번 4시간(4×12=48) 총 48시간 정도 회화를 연습했고 혼자 단어 외우고 해석해 보고 했으나 만족하지 못하고 여기 대학으로 연수를 6개월

하기로 마음 먹고 오게 되었다고 소개했다.

　나의 소개를 마치자 돌아가면서 자기소개가 이어졌다. 그중에는 자기 나라서 중국어를 전공한 학생도 있었고, 아버지가 중국하고 관계된 사업을 해서, 이 대학에서 관리학(경영학)을 전공하려고 1년 또는 2년 어학연수 하러 온 학생 등 다양한 이유로 오게 된 것을 알게 되었다. 중국 학생은 중국어를 전공하는 학생, 무역 전공하는 학생, 관리(경영) 전공하는 학생 등이었다.

　나는 이때 중국어 스피킹(Speaking)은 그런대로 어려움이 없었으나 히어링(Hearing)이 좀 부족했고, 기타 학생들은 스피킹에 좀 부족한 반면 히어링은 나보다 나은 것 같았다. 대화에 있어서 스피킹도 중요하지만 히어링이 나는 개인적으로 더 중요하다고 생각한다. 상대의 말을 알아들어야 그 다음 대화가 이어갈 수 있기 때문이다. 학생들이 많아 여러 테이블에 이야기가 오버랩 되면서 내 귀에는 왕~ 왕~ 소리밖에 안 들렸다. 대화 도중 겨우 알아들은 게 있으면 나는 그것에 대하여 한 5분간은 얘기했다. 그러자 한 중국 학생이 "잠깐만요. 저 프랑스 학생 얘기도 좀 들어볼게요." 하는 바람에 내 얘기가 길었구나 하면서 나는 말을 멈추었다.

그 프랑스 학생은 키도 크고 얼굴도 유명한 배우를 닮아 남자인 내가 봐도 멋있는 학생이었다. 아마도 그 중국 여학생은 프랑스에 대한 관심도 있었겠지만 사심이 좀 있지 않았나 싶다. 그 후로 나는 매주 화요일 7시 30분에 汉语角(중국어 모임)에 참석해서 히어링을 좀 향상 시켜야겠다고 마음먹었다.

그리고 골프 동호회, 배구동아리 등에도 참여해 의사소통을 넓혀 갔다.

중국어 말하기 동아리

위챗 친구 맺기

골프 동호회

배구 동호회

에피소드 I

    그럼에도 불구하고 나는 혼자일 때가 많았고, 때로는 젊은 학생들 개인적인 모임에 눈치 없이 매번 끼면 불편해할까 싶어 젊은 학생들끼리 주말에 나이트클럽을 갈 때나 젊은 사람들끼리 놀만 한 자리에는 나는 알아서 빠졌다. 그러다 보니 자연스럽게 도서관에서 많은 시간을 보냈다. 예습, 복습도 물론 많은 시간을 할애해서 해야 젊은 학생들의 수업 속도를 따라갈 수 있기도 하고, 나머지 시간은 도서관에 진열된 장서를 구경하고 이 대학의 역사를 사진으로 보여주는 상설전시관, 학생들 졸업 작품 혹은 각종 대회에 출전 작품 등이 전시된 곳 등을 돌아보며 시간을 보내는 것도 의의가 있었다. 그리고 자연스럽게 도서관을 자주 이용하는 학생들도 알게 되고, 그러면서 자연스럽게 의사소통하는 법도 터득하게 됨에 나름 뿌듯했다.

예를 들어 도서관 1층 컴퓨터실과 복사실 등을 이용할 때 중국 학생에게 도움을 청하면 나의 발음에 외국인임을 알고 비교적 친절하고 자상하게 열려준다. 덕분에 나는 스마트폰과 컴퓨터의 자료를 서로 공유하는 법도 알아갔고, USB의 자료를 자유롭게 복사하여 스마트폰으로도 옮기고 컴퓨터로도 옮겨가며 숙제나 발표 PPT 등도 작성할 수 있었으며 컴퓨터에서 자료를 찾는 법도 배워갔다.

그중 한 학생은 내가 한국에서 유학을 왔다고 하자 놀라기도 하고 반가워하며 한국에 대해서 이것저것 물어왔고, 내가 아는 데까지 성실히 답해주었더니 나에게 커피를 대접하겠다고 해서 그것이 인연이 되었다. 그가 한국어 학습에도 관심을 보이기에 일주일에 1번을 정하여 나는 한국어를 학생은 나에게 중국어를 가르치는 맞교환 방식의 스터디를 제안했고 그가 흔쾌히 수락했다. 돌이켜보면 그가 매주 바쁜데도 불구하고 대화하는 동안 말이 맞교환이지 대부분 중국말로 이야기를 나누고 학교 시스템에 대해 궁금한 점을 내가 묻는 시간이 많았기 때문에 나의 중국어 실력 향상에 더 도움이 된 것 같아 그가 나에게 봉사했다고 나는 생각한다.

또 한 학생은 교내식당에서 밥 먹다가 이런 얘기 저런 얘기를 나누다가 정말 친절하고 자세하게 학교생활에 대해서 얘기를 해줘서 고마운 마음에(그리고 학교 밖 식당도 궁금하기도 하여) 내가 밥을 살 테니 동문 앞 사설 식당을 안내 좀 해줄 수 있느냐고 묻자 그들이 동의하여 그 다음 주 수업 없는 시간에 점심을 같이 하기로 했고 그것이 인연이 되어 가끔 식사와 커피를 같이 마시며 친분을 쌓았다.

알고 보니 그중 한 여학생은 내가 도서관에서 공부하고 있을 때 나이든 분이 도서관에서 집중하여 공부하는 것을 보고 뒤에서 나를 도촬했고, 더 나아가 내가 화장실 간 사이 내가 공부하고 있는 책과 공책도 찍어서 올린 친구의 위챗 모멘트에서도 나와 비슷한 사진이 올라온 걸 봤다며 "이 사진 아저씨 맞아요?" 하고 물어왔다. 자세히 보니 나였다. 그렇다고 했더니 "와! 이 사진이 펑요유치엔에서 한때 화제가 되었어요."라 한다. 그 이유를 물어보니 그 모멘트에 올린 사진에 이렇게 소개되어 있었다.

'도서관에서 열공 중인 아저씨. 이 아저씨는 무슨 연유로 늦은 나이에 이렇게 열심히 중국어 공부를 하는 걸까?'

였는데 이를 본 펑요유치엔 친구들이 댓글을 달았는데 '저 나이 많은 아저씨도 저렇게 열심히 공부하는데 젊은 우리 는 이 사진을 보고 자극을 받아 더 열심히 공부해야 하지 않니?', '무슨 사연일까?', 어떤 학생은 사진 도촬한 학생에게 '너 간도 크다. 어떻게 뒤에서 몰래 찍을 생각을 하고.', '그 건 그렇다 치고 화장실 간 사이 무슨 공부를 하는지 궁금 하여 중국어 교습책과 노트에 필기한 것까지 찍었냐?'고 적 은 학생도 있었다. 나와 만나는 여학생에게 너도 댓글 달았 냐고 물었더니 '우리 모두 저분을 본받읍시다.'라고 적었노 라고 했다.

어쨌든 이것도 보통 인연은 아닌 듯싶어 쭉 이어갔다. 앞 에 얘기했지만 중국 학생들의 주중 수업량이 엄청나서 시간 내기가 어려웠음에도 시간을 내어 가끔 만나 서로의 소식을 전해주기도 하고 밥도 같이 먹기도 하며 중국 문화에 대하 여 얘기도 하고 유익한 시간을 보내게 된 계기가 되었다.

그 둘은 하문대 의대생이었다. 내가 한국에 돌아올 때쯤 그들은 병원에서 실습하느라(인턴십) 상안 캠퍼스를 떠나 있 었다. 그들의 인성이나 실력을 미루어 볼 때 나중에 훌륭하 고 유능한 의사가 될 것이라는 확신이 들었다.

중국어 학습 멘토

汉语角(중국어 모임) 동아리에 매주 화요일 참석하여 중국 학생과 그룹 미팅에 자주 참여하다 보니 어느 날 위챗으로 '나는 이 대학의 중국 학생이며, 중국어 회화에 관심이 있으면 연락을 달라.'고 문자가 왔다. 그리고 잊고 있었는데 며칠 후 전화가 왔다. 그 학생은 중국어와 영어로 섞어가며 자기를 소개하고 중국어 학습에 관심이 없냐고 물었다. 나는 그 때까지만 해도 보이스 피싱이 아닌가싶어 관심이 없다고 말했다. 후에 안 사실이지만 汉语角(중국어 모임) 동아리 활동 중에 중국 학생 회원이 각 나라에서 온 유학생에게 1:1 중국어 학습 멘토로 지정되어 함께하는 활동이 있고, 나에게 배정된 학생이 문자와 전화를 한 것이라는 것이었다.

그런 줄도 모르고 필요 없다고 퉁명스럽게 대한 나의 태도에 그 학생이 얼마나 무안했을까 생각하며 미안함에 그 학생 전화번호를 찾아 연락을 취했고, 이러저러해서 나는 보이스 피싱인 줄 알고 퉁명스럽게 중국어 학습에 관심이 없다고 말했지만 사실은 도움이 많이 필요하다고 했다. 그러자 그 학생이 매주 한 번씩 만나서 나에게 도움을 주겠다고 해서 해외교육원 咖啡厅[가페이팅](커피숍)에서 수요일 점심시간인 1시부터 2시까지 만날 것을 약속했다.

드디어 그날이 되어 만난 학생은 한 달 전쯤 최초로 이 동아리에 참석한 날 나와 같은 테이블에서 중국의 文化에 대하여, 특히 각 절기에 대하여(춘분, 추분, 동지, 처서, 한로, 백로) 토론할 때 있었던 학생이었다. 반갑기도 하고 미안하기도 하여 나는 간단한 간식을 사들고 자리에 앉았다. 그 학생은 경영학과 1학년생이며 키가 크고 자부심이 꽤 있는 듯했다. 어떤 식으로 도움을 받길 원하냐고 나에게 물어 와서 일단 어떤 주제를 정해서 중국말로 토론하는 게 어떻겠냐고 했더니 그렇게 하자고 해서 우선 각자의 취미나 특기를 소개해보기로 했다.

나를 소개하는 것은 무리가 없었는데 그가 소개하는 발음이 잘 들리지 않아서 몇 번 묻고 영어로 그가 설명하고 하다 보니 금방 1시간이 지나갔다. 그는 1학년이라 그런지 경험이 많지 않아서 눈높이 교육에는 서툴렀지만 매우 자신만만하고 내가 가끔 못 알아들으면 약간 답답해하기도 하며 알아듣게 하려고 무척 노력을 했다. 그리고 영어로 보충 설명 할 때 본인도 영어 단어가 잘 떠오르지 않을 때는 멋쩍어했다.

어쨌든 그 1시간은 금방 지나가서 다음 주 같은 장소에서 다시 미팅하기로 하고 아쉬운 '자이지엔(안녕).'을 했다.

비자연장

중국 유학 비자의 종류는 X1비자, X2비자 두 종류가 있다. X2비자는 180일 이내 체류비자이다.

나는 6개월(1학기) 예정으로 가기 때문에 실제 수업일수는 180일이 되지 않는다. 보내온 입학 허가서에는 9/17~2/16까지로 되어 있어 150일, X2비자로 일단 입국하기로 했다. 한 번 입국으로 끝나는 비자이다.

나는 중간에 한국에 나올 일도 있고 해서 복수로 여행을 해야 하기 때문에 중국에 도착해서 거류 비자로 바꾸어야 했다. 거류비자 신청은 학교에서 거류 비자 신청 서류를 받고 신체검사를 받아 이상이 없으면 이 서류를 갖추어 중국 공안국에 가서 거류 비자 신청을 한다. 반드시 직접 가야 하며, 거기서 직접 사진도 찍고 서류도 작성하여 제출한다. 이

때 신체검사를 받기 위해서는 중국 돈 400위안이 필요하며 지정한 병원에서 엑스레이 검사와 혈액검사, 초음파검사 등이 이루어진다. 우리는 지정병원에 하루를 잡아 단체로 갔기 때문에 여러 진료실과 검사실을 오가는 시간이 약 2시간은 걸린 것 같았다. 이 신체검사증과 여권을 가지고 공안국에 신청하면 한 달 후에 여권을 찾을 수 있다. 약 한 달간 여권이 없는 상태로 지내게 된 나는, 은행에 볼일이 있을 때 여권이 있어야 하고 기차 여행 때도 여권이 필요함에도 없어서 상당히 불편했으며 만만디에 대해서 생각나게 했다.

그러므로 연수하려는 대학 입학허가서 학기 날자를 180일 이상으로 해달라고 요청하면 X2 비자를 한국에서 받을 수 있기 때문에 번거로움을 피할 수 있다.

중국 공안국 거류비자 신청장소

신제 검사증

입학 허가서　　　　　　　　　　　　　　　JW202

택시타기

중국에서 대중교통 이용은 필수이다. 버스는 이전에 언급한 대로 翔安(샹안) 구내에서는 1위안 샤먼시내 해저터널을 통과하면 2위안이다.

중국 택시 타는 법은 한국과 좀 다른 면이 있는데, 일단 택시 정류장이 없고 길에서 가는 택시를 잡아야 한다. 문제는 길거리에 택시는 거의 없다는 것이다. 있다 해도 물어보면 예약된 택시라고 한다. 그래서 택시 예약하는 방법을 알아야 했다. 앞에서 스마트폰 사용법을 잠깐 설명했지만, 택시 예약 방법을 좀 더 상세히 말하자면, 일단 중국 위챗(wechat)에 들어가서 〈나〉를 클릭하고 〈내 지갑〉을 누른 뒤 滴滴出行(차량호출) 메뉴를 선택하여 출발지점과 도착지점을 입력한다. 출발지점 자동인식 동의 버튼을 누르면 자동으로 내 위치가 나타난다. 안 나타나면 직접 출발지를 입력하고 OK 하면 해당 호출을 받은 기사의 문자와 전화가 온다. 그리고 몇 분 후 도착할 수 있느냐고 물으면 그 시간까지 찾아오며, 문자에 적힌 기사 이름과 차량번호를 확인하고 탑승하면 된다. 물론 요금지불은 알리페이나 위챗페이로 즉시 결제하면 된다.

중국에서의 생활은 거의 모든 결제가 스마트폰 하나면 99% 해결된다고 말한 바 있다. 택시의 종류는 4가지로 일반 택시, 전차, 우등 전차, 카풀차 등이 있다. 우등 전차는 차종이 고급인 차이다. 예약한 기사나 차량정보 등이 스마트폰에 기록되므로 안전하다고 볼 수 있다. 인터넷에서 식당을 예약하고 택시를 예약한 후 예약한 식당 주소를 찍어 주문한 메뉴를 먹은 뒤 하문시내에서 볼일을 보고 다시 예약한 택시를 타고 숙소까지 돌아올 수 있으면 일반생활 하는 데는 문제가 없다.

수업 종류

    수업은 综合(문법 등), 口语(말하기), 听力(듣기) 3가지로 이루어진다. 종합은 그야말로 문법, 작문, 독해 등 종합적인 중국어 수업이며 3가지 중 가중치가 70%이다. 그리고 口语(말하기) 15%와 听力(듣기) 15%까지 합해서 100점 만점제이다.

    수업방식은 단어를 선생님이 먼저 읽으면 따라 읽고 1문단씩 읽고 연습문제를 풀어나가면서 설명을 하고, 이때 연습문제를 풀 때는 학생 한 명씩 지명하여 문제를 풀게 한다. 문제는 주로 문장을 이해했는지 또는 어떠한 상황에서, 예를 들면 자국의 상황이라면 어떤가를 묻는데 각 발표자는 각 물음에 따라 자기 나라의 풍습이나 기후, 학습방법, 예절 등을 말하면 된다. 정답은 없고 나라별로 다른 답이 나온다. 나는 개인적으로 이런 문제를 좋아했다. 왜냐하면 내가 경험한 것을 자유롭게 이야기하면 되기 때문이다.

문제에 대해 대답할 때는 중국어 문법이나 단어 뜻 차이, 발음 차이 등이 어려웠다. 口语(말하기)는 내가 제일 좋아하는 과목으로 거의 모든 시간이 책에 있는 간단한 예문을 읽고 거기에 대한 느낌을 표현하고 설명하는 학생들의 구술능력을 향상시키는 목적의 수업이다.

나는 한국인으로 한자를 사용하고 있었기 때문에 유리한 점도 있고 불리한 점도 있었다. 유리한 점은 글씨를 보면 뜻을 유추하기 쉽다는 것이고, 불리한 점은 발음이 다르다는 것이다. 그래서 나는 발음할 때 한자를 한국식 발음으로 하여 듣는 사람이 이해를 못할 때가 생겨서 다시 설명해주고는 해야 했다. 영어권, 유럽권 학생은 반대로 한자를 사용한 적이 없기 때문에 무조건 외울 수밖에 없는 상황인 건 불리했으나 비교적 발음이 정확해 발표할 때는 유리한 면이 있다. 그러나 글자를 보고 뜻을 이해하기는 비교적 어려운 것이다. 그 차이는 听力(듣기) 시간에 명확히 드러났다.

나는 한자를 알고 있기에 발음이나 성조를 좀 등한시했고, 정확한 발음을 모르니 듣기에 어려움이 있었다. 책을 보면 읽을 수 있어서 비교적 알기 쉬운 반면, 책을 덮고 녹음

된 내용을 듣기에는 어려움이 있었다. 결국 발음과 성조 공부를 더욱 신경 써야 했다.

口语(구어) 수업

二年下2班

华文系选课参考课程表
2017-2018第二学期二年下2班

	星期一 Monday	星期二 Tuesday	星期三 Wednesday	星期四 Thursday
第一二节 08:00-09:30			中级汉语口语（二） 何宏娥　2号楼B201 Intermediate Oral Chinese (2nd)	
第三四节 10:00-11:30	中级汉语听力（二） 王治理　2号楼B302 Intermediate Chinese Listening (2nd)	中级汉语（二） 王梅　2号楼A204 Intermediate Chinese (2nd)	中级汉语（二） 王梅　2号楼A204 Intermediate Chinese (2nd)	中级汉语（二） 王梅　2号楼C206 Intermediate Chinese (2nd)
第五六节 12:50-14:20		中级汉语口语（二） 何宏娥　2号楼B201 Intermediate Oral Chinese (2nd)		
第七八节 14:30-16:00	中级汉语（二） 王梅　2号楼C406 Intermediate Chinese (2nd)	中级汉语听力（二） 王治理　2号楼B302 Intermediate Chinese Listening (2nd)		中级汉语（二） 王梅　2号楼B201 Intermediate Chinese (2nd)
第九十节 16:15-17:45				

수업 시간표

수업 교재

综合(종합) 중국어 수업

鼓浪嶼[구랑위]

．

샤먼의 翔安(상안) 생활이 어느 정도 익숙해져 가던 11월, 나는 샤먼에서 유명한 관광지 '구랑위'로 향했다. 구랑위를 잠깐 소개하면 중국 푸젠성 샤먼島와 마주하고 있는 또 다른 작은 섬으로 본래 圓沙洲[위엔사저우]였다. 그 후 섬의 서남쪽에 있는 암초에 부딪히는 소리가 마치 북소리 같다고 하여 현재의 이름 구랑위라 부르게 되었다.

이 섬은 중국의 아픈 역사가 숨겨져 있다. 청나라 때 아편전쟁으로 인해 서양인의 침략을 받았는데, 그들이 중국의 구랑위를 점유하게 되면서 자신들의 생활함에 부족함이 없도록 서양식 병원, 학교, 교회 등을 짓게 되었으며, 이 섬의 아름다움과 겨울에도 온화한 기후가 알려져 서양 고관대작들이 휴가를 와서 즐기는 별장들도 늘어나 하나의 작은 유럽이라 해도 될 만한 섬도시로 거듭났다고 한다. 지금도 그 섬은 그때의 서양 건축물 등 모든 문화생활을 느낄 수 있는 동양의 또다른 유럽으로 알려졌고 매년 관광객 수가 늘어난다고 한다.

나도 그날 구랑위로 가는 배표를 사기 위해 1시간을 줄서서 기다리며 그 사실을 실감하게 되었다. 외국인을 위한 매표소가 따로 있을 정도로 사람이 많았고 복잡했다.

섬 전체를 둘러보고 난 소감은 작은 유럽이 중국의 한 조그만 섬에 놓여있는 것 같았고 건물은 서양식인데 경치는 중국스러운, 퓨전화된 섬 같았다. 그리고 한편, '침략을 당해도 서양한테 침략을 당하면 해방 후에 유명 관광자원이 되어 외화획득을 하는데 우리나라는 그렇지 못하구나.' 하는 억울한 생각이 들었다.

구랑위 가는 선착장

구랑위 입구

구랑위에서 바라본 샤먼 시내

일광암에서 내려다 본 전경

福建省 泉州 淸原山[푸젠성 취안저우 칭유엔샨]

하문에서 처음 고속철도 CRH(고속열차)를 타고 천주로 가기 위해 하문북역으로 버스를 타고 이동했다. 11월이지만 날씨는 꽤 더웠다. 역에 도착하여 매표를 하기 위해 줄을 섰다. 차례가 되어 천주행 티켓을 끊을 때 한국과 달리 핸드폰 위챗페이(Wechat Pay)로 결제를 하고 발권할 때 여권이 필요했다. 지정된 좌석을 찾아 앉아서 본 내부시설은 KTX와 비슷한 형태였고 객실 안은 넓고 깨끗했다. CRH(고속열차)는 최고 230㎞까지 속도를 냈다. 300km/h 주행을 시험연습 중이라는 말도 들었다.

30분 만에 천주역에 도착하여 오늘의 목적지인 老君造人象(노자석상)을 찾아갔다.

청운산 입장권을 사서 입장하면 머지않아 泉州(천주)의

랜드마크라 할 수 있는 노자상이 나타난다. 본래 이 노조군 상은 唐代(당대) 이래 유교, 불교, 도교의 전각, 도관, 사찰과 석조조상 7개소 9존(尊) 중 현존하는 최대 노자 상이며 송대 석조예술의 걸작이다. 원래 노자 상 주변은 대규모 건축물이 있어 묵인묵객의 발길이 끊이지 않았으나, 명 말 전쟁통에 모두 소실되고 현재까지 노군 혼자 갖은 풍파를 겪으며 지냈다. 공자도 그의 도를 들으러 들렀다고 한다.

우리나라에는 주희의 사상이 집대성된 주자학이 전래되면서 조선시대 실학사상의 근간이 되었고 박지원, 송시열 등 유명한 실학자가 등장한다. 이래서 한국에서의 실학은 매우 유명하며 그 근간인 주희는 실학자들의 우상이었다. 그가 제자들과 토론하고 학습하던 곳이 武夷山(우이산)이라 하는데, 그의 스승인 공자의 스승격인 노자, 그리고 노자상이 있는 천주는 주자를 만나기 전 거쳐야 하는 코스로 생각하여 들리게 된다.

청원산 노자 석상

CRH(고속열차) 기차표

武夷山[우이산]

주말을 이용해 혼자서 여행했던 천주에는 노자의 얼이 담긴 清原山(청원산)이 있다면, 우이산은 주자의 혼이 담긴 곳이라 할 수 있는 곳이다. 나는 중국에서 공부하는 동안 결혼 30주년을 맞이하게 되어 겨울방학에 한국으로 가기 전, 내 인생의 동반자 와이프를 불러 함께 이곳을 여행하기로 하였다. 때는 12월이었고 남쪽 지방은 늦가을 날씨였기에 여행하기는 무리가 없다.

샤먼 가오치 공항에 마중을 가서 집사람을 Pick Up하고 바로 구랑위로 향했고 남보타사도 둘러보았다. 다음날 CRH(고속열차)를 타고 우이산으로 향했다. 약 3시간 후 우이산역에 도착했다. 유명 관광지답게 많은 택시들이 입구에서 호객을 하였다. 우리는 그중 1대를 잡아타고 우이산으로 40

분을 들어갔다. 그날따라 비가 와서 서늘한 날씨가 더욱 쌀쌀하게 느껴졌다. 비가 와서 그런지 사람들도 그렇게 많지 않았다. 일단 여행정보센터에 가서 여행정보와 필수 관광코스에 대한 안내를 받았다.

풍취구역은 사면이 계곡이고 밖으로 작은 산들이 우이산을 둘러싸고 있는 형상이다. 이 아름다운 풍경은 길이 7.5km에 걸쳐 九曲溪[주취시] 전체 산과 강이 각기 다른 조화를 이루고 있기 때문이며, 역사 또한 유구하여 1999년 유네스코 세계유산으로 등재되었다. 비가 와서 돌로 되어 있는 곳이 많은 우이산 등산 코스는 오르지 못했고 대신 2시간 정도 코스인 청룡폭포로 향했다. 구불구불한 도로를 따라 1시간 정도를 달려 청룡폭포 입구에 닿으니 더 이상 차가 통행할 수 없는 구간이 나타나 코끼리 차로 갈아타고 10여 분을 올라가야 했다. 비도 오고 늦은 시간이라 코끼리 열차에는 우리 부부 2명만 탑승을 했다.

도착하니 그야말로 중국 시화에서 볼 법한 장엄한 폭포와 그 아래 산봉우리 밑으로 깔린 구름이 황홀할 정도였다. 비가 와서 미끄러운 바윗길을 조심조심 걸어 폭포 코앞까지 다다랐을 때는 마치 신선이 된 듯하였다. 범인들도 이곳에 오면 경치에 취해 금방 득도를 할 수 있을 것 같은 신비하고 오묘한 기분이 들었다.

걷는 동안 하산하는 일행 세 팀을 만났다. 우리는 코끼리 차 막차시간이 되어 얼른 구경을 마치고 내려왔다.

다음 날 아침, 아직도 비가 내리고 있었다. 그러나 통대나무 죽선을 타기 위해 서둘러 출발하였다. 매표를 하고 비옷도 구매하여 정해진 죽선에 올랐다. 우리 배의 일행은 10명 정도 되었는데 우리 빼고 모두 중국 사람이었다. 노를 젓는 사공은 앞뒤로 1명씩 있고 관광지를 안내하는 여성이 한 명이 있었다. 안내원은 차를 끓이고 있었다. 얼른 따뜻한 차를 마시고 싶을 정도로 추웠다. 차를 끓이는 동안 이 강의 유래에 대해서 설명하는 것 같았다. 다 듣지는 못했지만 아주아주 오래전, 어떤 왕과 옥녀에 얽힌 전설의 슬픈 사연에 옥녀의 눈물이 모여 강이 이루어졌다는 내용이었다. 차가 다 끓어서 안내원이 중국식 차도에 따라 제조를 하고 한 사람씩 돌렸다. 내가 마신 차 중 가장 맛이 있었고 따뜻한 차였다.

나는 조금 데워진 몸 탓인지 호기심이 발동하여 안내원에게 노래를 요청하였다. 타고 있는 손님들도 찬성을 하여 안내원이 부른 노래는 비와 산과 강, 물안개와 섞여 그 옛날 옥녀가 내려온 것 같이 구성지게 들렸다. 나는 문득 답가로 노래를 하려다가 핸드폰 컬러링으로 들으며 연습하던 와이프에게 月亮代表我的心[유에량다이퍄오워더신]을 한 곡조 뽑아달라고 청했다. 집사람은 잠시 머뭇하더니 이윽고 노래를 시작했다. 옥녀의 전설과 날씨, 그리고 분위기 탓인지 중국 관광객도 노래 소리에 집중하는 것 같았다. 노래가 끝나자 안내원의 노래가 끝났을 때보다 더 큰 박수가 터져 나왔다. 나는 내 아내의 노래 실력이 어떠냐고 으쓱하며 물었더니 그들은 일제히 "太棒了(최고)!"라고 외쳤다. 아내의 부끄러워하는 모습이 귀여웠다.

우이산 죽 뗏목

죽선위 안내원   청룡 폭포

本科学生(본과학생) 체육대회 참관

이전에 나의 중국어 맨토에 대해서 잠간 얘기한 적이 있다. 공교롭게도 내 멘토인 무역학과 학생과 생명과학과 학생 둘이 본과 체육대회에서 각 과를 응원할 치어리더로 선발되어 체육관에서 매주 한 번씩 응원단 연습을 한다고 해서 구경을 하러 찾아갔다.

체육대회는 육상종목인 3단 멀리뛰기, 마라톤, 달리기 등을 개최하는데 거기에 각 학과 응원단의 발표를 따로 해 순위를 정하는 대회를 곁들이는 형식이다. 가을 운동회 성격인데, 남녀학생 30여 명이 치어리더 춤을 조직적으로 연습하여 그것을 발표하고 학장이 교수들과 같이 심사하여 등수를 가리는 대회이다.

나의 멘토가 참가한 해외교육원과 생명공학부가 2등을 차지했다. 내가 응원하러 가서 사진을 찍어 각자에게 보내주었더니 나중에 고맙다며 인사를 받았다.

교내체육대회 광경

해외교육원 체육대회 참가

　위챗방에 10月 해외교육원 체육대회 참가신청을 하려고 해서 QR코드에 스캔하여 등록을 마쳤고 10일 후 행사가 열렸다. 오전 10시까지 대운동장으로 모이라고 하는데, 토요일은 수업이 없는 날이어서 부지런히 달려갔다. 경기종목은 도움닫기, 멀리뛰기, 굴렁쇠 굴리기, 제기차기, 릴레이 마라톤 등이었다. 나는 그 중 제기차기와 굴렁쇠 굴리기에 도전하였다.

　제기차기는 어려서부터 해온 터라 자신이 있었으나 외국 여학생에게 밀려서 입상을 못했다. 그러나 나이에 상관없이 경쟁하자는 나의 처음 계획을 달성하는데 만족했고, 오랜만에 해보니 재미있었다. 굴렁쇠 굴리기는 생각보다 쉽지 않았다. 굴렁쇠를 원하는 방향으로 몰기가 쉽지 않았기 때문이다.

제기 차기

허들

굴렁쇠

배구시합

에피소드 Ⅱ

구어꽝 기숙사에서는 여러 나라의 학생들이 모여 살기 때문에 수업이 끝나면 삼삼오오 모여서 얘기도 하고, 때로는 가타치고 노래를 하는 등 재미있는 일이 예고 없이 일어난다.

우리 기숙사 동에는 터키 학생들과 인도네시아, 태국 학생들이 많았는데 그들은 끼리끼리 모여서 노는 편이어서 나같이 한두 명씩 온 나라 학생은 그들이 노는 것을 구경하고 있다가 나와 같이 혼자서 있는 학생과 동병상련을 느껴 얘기를 나누게 되었다. 터키 학생 중 한 명은 2년(年) 上班[상빤] 우리 반이라 가끔 만나면 담소를 나누기도 했으나 그의 친구들이 나오면 터키 말을 사용하기 때문에 좀 불편했다. 그러던 중 한 학생이 내게 다가와 말을 걸었다. 그는 라오스에서 유학을 왔고, 어학연수 1년이 끝나면 본과 컴퓨터 관련 학과 대학원에서 공부하게 될 30살 정도의 학생이었다. 그 후에도 가끔 마주치면 담소를 나누고 서로 바쁠 때는 니하오 하며 인사를 건넸다.

　그러다가 한참동안 그 학생이 보이질 않았다. 그러던 어느 날, 수업 쉬는 시간에 2층에서 나를 부르는 소릴 듣고 올려다보니 그 학생이었다. '너 요새 기숙사에서 얼굴 보기 힘드네?' 하고 물었더니 교외 기숙사로 이사했다는 것이다. 나는 그렇지 않아도 교내 기숙사 생활이 불편했던 터라 다음 학기는 교외 사설 숙소의 月租房[유에주팡](월세방)을 생각 중이었던 터라 수업 끝나고 교외 식당에서 만나 보증금이 얼마며 월세는 어떻게 계산하는지, 위치는 어디인지, 어떻게 찾아가는지 등을 물었다. 그리고 며칠 후 시간을 내어 월세방을 그 친구 주변으로 정했다. 계약을 하고 그를 다시 만났다.

교외 기숙사

　교외 기숙사는 개인이 운영하며 원룸 시스템이나. 대부분 5 내지 6층으로 지어진 신축건물이며, 엘리베이터가 있는 곳은 조금 더 비싸다. 나는 엘리베이터가 있는 5층 건물의 기숙사를 선택했다. 전동차를 오르내려야 하기 때문이다.

　교외 기숙사로 옮긴 여러 가지 이유 중 하나는 TV를 보면서 중국어를 공부하고 싶어서였다. 다행히 전 학기에 연수를 마치고 돌아간 학생이 TV와 책상 등을 남겨놓고 가서 따로 구입하지 않고 사용할 수 있었다. 월세는 보증금 1,000위안에 월세 600위안이고 전기세는 따로 지불하는 조건이었다.

　또 다른 이유는 교내 기숙사보다 버스정류장이 가까웠고 교내식당도 가까웠기 때문이다. 걸어서도 닿을 수 있는 거리어서 여러모로 편리했다. 그리고 2인실과 달리 룸메이트의 눈치를 볼 필요도 없어 자유로웠다. 단점이 하나 있다면 자동세탁기가 1대밖에 없고 코인 요금이 비싸서 교내 기숙사로 일주일에 한 번 정도 빨래를 하러 가야 했다는 것이다. 이 세탁기 사용을 위해 교내 기숙사에 선 지불한 것을 해지하지 않고 양쪽을 모두 쓰기로 하였다. 기숙사비가 싸기 때문에 가능한 일이었다.

전동 씽씽카

    학기 초 기숙사에서 해외교육센터까지의 등교 거리가 꾀 멀었다(약 2㎞). 24단 자전거로도 오르막 경사에서는 숨이 턱까지 차오름에도, 젊은 학생들이 쌩쌩 나를 앞질러 감에도 불구하고 운동하는 셈 치고 1학기는 참고 잘 타고 다녔다.

    그러나 2학기부터 교외 기숙사로 옮기고 나니 거리도 멀고 등교 시간도 오래 걸려서 고민 끝에 씽씽카를 타고 등교하는 학생에게 제품의 가격과 사는 법을 물어보고 중국 대표 포털 사이트인 百度[바이두]에 들어가 제품을 검색하고 가격이 적당하고 디자인이 잘된 전동카를 주문했다. 이틀 후 京東[징동]을 통하여 교내에 있는 택배 수집소로 배달됐다고 문자가 와서 식당 옆에 위치한 우체국 내 택배 수집소로 찾아가 문자와 주문번호를 보여 주니 창고 안에서 씽씽카를 찾았다. 몇 분 동안 타는 연습을 한 뒤 오르막을 신나게 달려 미안하지만 젊은 학생들 자전거 행렬을 추월하면서 기숙사에 가뿐하게 도착했다. 그 후에도 등교 시 허연 머리 아저씨가 날렵(?)하게 씽씽카를 타고 자전거를 탄 학생들을 씽씽 앞질러 가다 보니 다들 나를 쳐다보게 됐고, 결국 나를 모르는 학생이 없을 정도로 씽씽카 아저씨가 되었다.

운동은 안 되었지만 균형 감각은 많이 좋아지겠다는 생각으로 잘 타고 시간도 많이 절약하였다. 이 또한 훌륭한 선택이었다.

전동 씽씽카 운전

에피소드 Ⅲ

생명공학과 학생과의 미팅에서 회화력을 높이려 노력하던 중, 그의 중고등학교 시절 얘기를 듣게 되었다. 한국처럼, 아니 한국보다 더 어려운 대학 입시를 치르기 위해 치열한 공부와 경쟁이 있다고 했다. 중국은 유명 대학에 입학하기가 결코 쉽지가 않다고 했다. 그럼에도 그는 한국 대학과 한국 상품에 대한 호기심이 엄청 많았다.

나의 중국 어학연수 목적에는 여러 가지가 있었다. 중국 대학의 교수나 총장, 학장 등의 지휘는 막강하여 이론적 지주 일뿐만이 아니라 개방정책의 주역이 대부분이며, 또한 지방서기나 중앙정부 고위 공직자도 많기 때문에 그들과 관계를 맺어 그들의 인맥을 활용할 수 있는 방법 등을 찾는 것도 중요한 목적 중 하나였다. 그러나 생각보다 그들을 만나는 것은 쉽지가 않았다.

그들을 만나기 위해서는 우선 의사소통에 문제가 없을 정도의 중국어 실력을 갖출 필요가 있고, 그들의 한가한 시간이 언제인지 알아야 하고, 또 나 역시 그 시간에 수업이 없어야 한다. 경제 관련 교수, 이공계 계통 교수, 해외교육대학의 학장 등과의 미팅과 토론이 목적이었으나 이런 연유로 실천에 옮기기가 쉽지가 않았다. 그래서 이 학생에게 그러한 애로사항을 얘기하였더니 학장 정도 되면 개인 비서가 있어 우선 그 비서와 미팅 스케줄 조정 의뢰를 하는 게 우선이라고 했다.

내가 그 비서조차 만나기가 쉽지가 않다고 하자 이메일을 이용해보자고 했다. 그 결과 스마트폰으로 해외교육대학 학장 주소로 "나는 이 학교 생명공학과 학생이고 나와 인연이 있는 한국 학생(나이 많은)이 중국의 일반 제조업체의 레벨 업을 위한 경영기술 지도 방법과 한국의 제조 기술 등에 대하여 상의할 일이 있다."고 이메일을 보냈고, 그 학장에게서 다음 주쯤에 정확한 날짜를 보내주겠노라는 답장을 운 좋게 그 자리서 받을 수 있었다.

나는 잔뜩 고무되어 다음 주를 애타게 기다렸으나 답장

은 오지 않았다. 답답한 나는 상의하고 온 내용을 요약하여 프린트한 후 준비하여 비서 사무실을 찾아갔다. 역시나 그는 "워낙 스케줄이 많아 바쁘며, 지금은 유럽으로 출장 중이다."란 얘기를 듣고 준비한 자료를 전하며 돌아오면 전달해 달라고 부탁을 하고 사무실을 나왔다.

항상 그랬지만 계획과 실제는 일치하지 않는다는 것을 경험을 통해 알고 있다. 그러나 나는 이미 그와의 관계가 시작되었다고 생각했다. 이메일로 그 상황을 인지하고 있으며, 나의 자료를 전달받았을 것이기 때문에 차후 언제라도 시간이 맞아 만나게 되면 서로 어색하지는 않을 것이다. 관계의 시작에서는 상대가 나에 대해서 미리 인지하게 만드는 것 또한 중요한 일일 것이다.

노래방

1학기를 마치고 반 편성을 다시하고 나서 나는 반을 옮기기로 했다. 첫 학기 반은 서양학생들이 많은 반면, 옮기기로 한 반은 동양계 학생이 많은 반이었다. 2학기가 시작되기 전 나는 A, B, C반을 돌아다니며 강의를 들어봤고, 학생이나 선생 구성이 B반이 맞을 것 같아 B반을 택했다. 그리고 2주 후 B반 친목회를 겸해 교외식당에서 같이 밥을 먹고 노래방에 가게 되었다. 첫 학기 반보다 분위기도 좋았고 학생들의 어학수준도 높은 편이었으며 실력도 비교적 균등했다. 필리핀 학생들이 많기는 했으나 같은 나라 사람들끼리 어울리는 분위기보다는 여러 학생들 서로 어울리는 분위기로 유대관계가 좋아보였다.

다른 학생들은 모두 1학기를 같이 공부한지라 이미 친한 상태였으나, 나는 반을 옮겼기 때문에 기숙사에서 안 몇몇 학생 빼고는 모두 초면이었다. 그래서 식사할 때 신고식 겸 나의 소개를 할 때 1차 식사비를 내겠노라고 독일에서 유학 온 학생인 반장에게 말했더니 한사코 그럴 필요없다고 나를 말렸다. 그래서 내가 "한국에서는 신고식을 할 때 신입생이나 신입사원이 식사비를 쏘는 것이 일종의 관례처럼 되어 있다. 내가 한국 사람이니 한국식으로 하게 해달라."고 설득 후 OK 대답을 받았다.

나는 골프연습장으로 연습하러 오면 나를 만날 수 있다는 등의 소개를 마치고 웨이신 친구신청을 요구했다. 이를 계기로 빨리 친해지게 되어 나중에 노래방에도 가게 된 것인데, 이때는 전과 달리 빠지지 않고 참석을 했다.

노래방 분위기는 정말 좋았다. 젊은 남녀학생들이 서로 다른 나라에서 서로 다른 목적을 가지고 이국땅 중국에서 한 장소에 모여 공부한다는 인연 때문이었을까. 이심전심으로 노래도 잘 통하고, 또 맥주도 한잔 곁들이다 보니 점점 흥이 올라 필리핀, 라오스, 에콰도르, 독일, 베트남, 태국 할 것 없이 다 같이 노래도 잘 따라하고 춤도 빼는 학생 없이 그야말로 그룹 댄스로 호흡이 척척 맞았다. 나도 빼지 않고 젊은 시절에 학생처럼 춤을 같이 추었다. 사진도 열심히 찍어 주었다. 모두들 그동안 이국땅에서 중국어 공부하느라 나름대로 쌓인 스트레스를 모두 날려버릴 듯한 흥분으로 치달으면서도 서로 전혀 어색하지 않은 하모니가 나를 놀라게 하였다. 젊으니까 시공초월 공감 노래 댄스는 연습이 따로 필요 없는 것 같아 부러웠다. 그래서 나도 함께 잘 동화되었다. 젊으니까 잘 노는 게 아니라, 잘 노니까 젊어진다는 생각이 들었다.

중국 노래방 친교의 장

2학기 운영방안 논의

발표 II

　수업을 하다 보면 그 수업내용에 맞게 각국 학생이 발표를 하게 되는데, 우리 반에는 꽤 여러 나라 학생이 있어서 한 수업에 2개국씩 발표해도 10개국 정도 발표를 해야 해서 3주에 걸쳐 약 5분씩 발표를 했다. 그때 나 말고도 한국학생이 한 명 있어서 당시 배운 북경의 사계와 비교해 한국의 뚜렷한 사계절을 발표하기 위하여 네이버에 들어가 한국의 사계를 담은 사진을 USB에 넣고 그 사진을 프로젝터에 연결하여 학생들에게 보여주며 그 사진에 대한 설명을 하면 되었으므로 비교적 간단한 발표였다.

　나는 그 발표를 다른 한국학생에게 맡기고 조금 욕심을 내어 한국의 경제발전 과정에 대한 발표 준비를 하기로 했다. 전쟁 후 폐허가 된 모습과 60년대의 보릿고개, 70년대의

새마을 운동, 62년부터 81년까지 이어진 경제개발 5개년 계획, 민주화 과정 등을 거쳐 2000년대 1인당 국민소득이 2만 달러가 되기까지 급속한 경제성장을 이룬 것을 소개하고자 했다. 중국 역시 경제발전이 빠르게 진행되면서 빈부격차 등의 문제점이 발생하여 사회문제로 대두되는 시점이어서 관심이 많을 것 같아 빠른 경제발전에 대한 자랑보다는 그 결과로 나타난 문제점 위주로 발표하기로 하고 PPT를 준비하였다. 왜냐하면 당시 사드문제로 한중관계가 서먹하던 때라 한국이 자랑하는 모습의 발표를 좋아하지 않을 것 같았기 때문이다.

그런 컨셉을 잡아 발표를 했기 때문인지 각국 학생들로부터 많은 질문이 들어왔고 선생님도 듣고 나서 잘 들었다며 남의 이야기가 아닌 것 같다며 공감을 표해주었다. 수업이 끝난 후에도 영국, 이탈리아, 미국 등 비교적 선진 국가 학생들이 나에게 다가와 관심을 보여 왔기 때문에 주제를 잘 선정했다는 생각이 들었다.

한국 음식의 소개

　나는 매주 화요일 중국어 동아리 모임에 갔는데 내가 한국에서 왔다고 하면 아이돌, 화장품 다음으로 관심 있는 것이 한국음식에 관한 것이었다. "我喜欢年糕汤(워시환니엔자오탕)(나 떡국 좋아해요)." 하며 떡국에 대하여 많은 것을 물어오는 학생이 있었는데, 당시 나는 年糕汤(떡국)이 무엇인지 못 알아듣고 다른 얘기를 했다. 자주 그런 질문을 받고서야 떡국이란 걸 알았다. 그들이 관심을 갖는 한식은 불고기나 비빔밥일 줄 알았는데 떡국이라니 참 의외였다.

　그러다 한번은 위챗의 동아리 펑요유츄엔(인터넷친구그룹)에서 제안이 들어왔다. 4월에 동아리 주최 세계음식 박람회가 열리는데 한국 대표로 나와 줄 수 있느냐는 내용이었다. 나는 그렇게 하겠노라고 답장을 하고 준비사항에 대해서 물어봤다. 조리도구와 식기를 제공하고 음식재료는 마트에서 구입하여 주겠다고 했다. 나는 음식재료는 한국에서 가져와야 제맛을 낼 수 있을 거라 생각하고 재료 준비는 내가 직접 하겠다고 했다. 그 사이에 한국 나갈 일이 있어 주말을 끼고 다녀올 때 재료를 손수 사갖고 왔다. 1학기 때 같이 발표준비를 한 한국인 학생도 그날 나와서 나를 돕기로 하고 당일 음식 박람회에 참여하였다.

조금 일찍 가서 준비하려고 도착하니 한국 음식 코너가 마련되어 있었다. 식기를 살펴보고 냄비, 그릇 등이 부족하여 준비를 더 해달라고 했더니 아직 도착하지 않은 호주 음식 코너에 있는 큰 냄비를 부탁하여 가져왔다. 우리는 중국 학생들이 관심을 가졌던 떡국과 떡볶이, 떡갈비 3가지를 준비했다.

1시가 가까워지니 학생들이 각국 음식을 맛보기 위해 몰려들기 시작하였다. 미리 준비해간 육수에 떡국과 만두를 넣고 끓이기 시작하자 냄새에 끌려서인지 한국 음식에 관심이 많아서인지 줄이 끊이질 않았다. 나를 도와주러 온 한국 학생 2명과 나는 거의 정신이 없을 정도로 떡국을 퍼주고 한 사람은 떡볶이를 만들고 또 한 사람은 떡갈비를 준비해야 했다. 그러는 와중에도 떡국을 받아들은 학생은 맛있다고 '엄지 척'을 하며 질문을 해오니 대답하랴 국 뜨랴 그야말로 눈코 뜰 새가 없을 정도로 북새통을 이루었다. 호주, 필리핀, 인도네시아, 태국 등 8개국이 참가했는데 나중에 나의 멘토 학생이 전한 바로는 우리 한국음식이 제일 평이 좋았다고 했다. 나는 물론, 도와준 그 학생에게도 그날이 잊지 못할 추억이 되었을 거라 생각했다.

한식 조리 코너

조리 준비   시식

중간고사 기말고사

　매번 수업 중에 느끼는 거지만, 사고는 따라가는데 순발력과 기억력에서 젊은 학생들과의 차이를 실감한다. 수업 중 선생님이 질문을 많이 하는데, 질문의 뜻만 이해하면 대답은 그리 어렵지 않았다. 그러나 본문을 했다가 뒤에 연습문제를 했다가 하는 식으로 왔다갔다 하면 수업 페이지를 놓치기 쉽다. 집중하지 않으면 어느 페이지에서 나온 질문인지 놓치는데, 그럴 때마다 좀 난감했다. 100% 다 들리면 문제가 없는데 그렇지 않으니. 어디에 관한 질문인지 알아야 어떻게든 맞추기라도 하기 때문에 나는 예습과 복습을 매일 해야 했다. 연습문제도 미리 풀어보고 가야 완벽한 대답을 할 수 있었다. 어쨌든 그렇게 해서 꾸역꾸역 따라가곤 했다.

　중간고사 때는 1주나 2주 전 시험범위를 알려주고 어떤 식으로 시험이 출제되는지 알려주는 표본인 예비 시험을 보는 과목도 있었다. 나는 예비 시험 때 쓰기 시험과 유사어 문제가 어려웠다. 앞에서도 잠깐 언급 했지만 한국에서 쓰던 번체에 익숙해진 나는 쓰기 시험 때 간체로 바꾸어 쓰는데 곧잘 막히곤 했다. 유사어 문제도 한국에서 쓰는 의미와 중국에서 쓰는 의미가 서로 다른 단어들이 있어 헷갈리기 일쑤였다.

어쨌든 중간고사는 치러졌고, 그 성적결과에 따라 상급반에 갈지 아니면 다시 현재 반에서 6개월을 더 수강해야 하는지가 결정된다. 그리고 평균 70점이 넘어야 상급반으로 다음 학기를 시작할 수 있다. 물론 중간고사와 기말고사를 합한 성적이다. 나는 겨우 턱걸이로 상급반으로 편성되었다. 그런데 막상 상급반으로 편성되고 나자, 원래 1학기 예정으로 왔음에도 1학기 더 해볼까 하는 욕심이 생겼다. 주위 학생들도 1학기를 마치고 본국으로 돌아가는 학생, 1학기를 더 연장하는 학생 등으로 나누어졌다. 고민 끝에 나는 1학기 더 연장하기로 결심하고 1학기 수료식에는 참석하지 않았다.

에피소드 IV

학장 면담이 미루어진 가운데, 우선 실현 가능한 관계 맺기 실행을 위하여 나의 중국어 라오스(선생)를 만나 이것 저것 상의해본다. 나의 생산개발 제품인 오존수기와 관련된 티 메이커(Tea maker) 회사 사장을 소개받게 되었다. 중국어 라오스는 친절하게도 시간을 내어 나를 본인의 차에 태우고 그 회사까지 함께 갔다. 30분 정도 걸려서 도착한 회사는 생각보다 큰 회사였다.

2층 사무실로 올라가 잠시 기다리니 사장이 나와 맞이해 주었다. 인상이 선하게 생긴 50대 초반쯤 되어 보였다. 간단하게 인사를 나눈 후 나는 준비해온 카탈로그와 중국말로 자가 번역한 프린트를 내밀고 설명하기 시작했다. 사장은 내가 준비한 중국어 번역본을 보더니 나의 중국어 선생님에게 "이쪽은 번역이 좀 이상하네요?"라며 빙그레 웃었다. 나는 얼른 이 프린트물은 내가 한국에서 번역해 온 것이라 라오스와는 상관이 없는 거라며 얘기하자 중국어 선생님께 '좀 잘 가르치시지요.'라는 농담의 취지가 좀 무색해졌다. 라오스는 뭐라고 얘기하려다가 내가 미리 방어를 해주어 미소만 짓고 있었다.

사장은 이내 자기 회사 생산품에 대해서 설명하기 시작하였고, 들어보니 연구를 많이 한 흔적이 보였다. 이윽고 차도 소독을 해야 하자 않느냐며 우리 회사 제품 오존 소독기와 연계시키려 하자 그도 오존에 대해서 알고 있었고 새로운 소독방법도 개발해놓은 차였다. 일단은 공감대를 형성하는데 성공한 후, 나는 회사를 찾은 손님이라 저녁대접을 받고 돌아오는 길에 라오스에게 고마움을 전했다.

그 후 또다른 라오스에게도 찾아가 제품에 대해서 설명을 하자 소개할 사람이 있다고 하며 전화번호를 받았다. 그는 사출 업체 마케팅 담당이사로 중국에서 10년 이상 근무 중인 한국인이었다. 내가 금요일 오후 수업이 끝난 후 전화를 걸어 자초지종을 얘기하니 반갑다며 자기가 있는 공장으로 찾아오기가 좀 힘든데 버스를 타 보았냐고 물어 그렇다고 답했다. 그러자 70번 버스를 타고 '신디엔' 역에서 내리면 4시까지 그곳으로 마중을 나가겠노라고 했다. 그곳에서 만난 그의 차를 타고 20분 정도 걸려서 공장에 도착했다. 정수기 계통 이외에도 모든 대형 소형 플라스틱을 사출하는 회사였다. 회사 규모는 종업원 500명 정도 되는 중규모 회사였다.

이런저런 얘기 끝에 오존수기에 대하여 얘기하자 제2공장이 따로 있는데 그곳에 오존수기를 연구하는 연구실의 책임 연구원이 있으니 그리로 가서 상의해보자며 다시 차를 타고 20분쯤 이동해 연구실에 도착하여 그를 만났다. 그는 영국에서 수질 관련 학과에서 박사 학위를 받은 실력파였다. 그는 오존수기의 장단점에 대하여 이론적으로 나에게 설명하고 이윽고 상품화의 어려움에 대하여 설명하며 곤란해했다.

나는 실제 현상과 이론 사이에 약간의 차이가 있음을 내세우며 반론을 제기했으나 의견이 좁혀지질 않아 다음에 기회가 되면 다시 만나보기로 하고 돌아섰다.

중국 차 제조기 공장 방문

PART 3

어학연수를
마무리하며

나이 60에 왜 중국 어학연수를 결심했을까?

중국은 한국과 달리 9월에 첫 학기가 시작된다. 그리고 11월 말에 학기가 끝나고 겨울 방학에 들어간다. 나는 1학기 연장 신청을 하고 한국에서 방학을 보내려고 귀국했다. 1학기가 쏜살같이 지나갔고 짧은 기간만큼 아쉬움이 남았다.

나는 돌아오는 비행기 안에서 지난 학기 동안 중국 생활을 정리했는데, 딱히 중국어 실력이 늘어난 것 같지 않아 당황스러웠다. 단 하나 다르다면 기내 중국어 안내방송이 영어 안내보다 더 친근하게 느껴졌다는 것이다.

귀국 후 친구들도 만나고 지인들도 만나서 중국 유학 생활에 대해서 얘기하고 느낀 점도 얘기하니 다들 신기해했다. 그리고 평가가 둘로 나뉘었는데, 하나는 환갑의 나이에 중국 유학을 결심하다니 정말 대단하다는 의견이었고, 다른 건 환갑 넘어서 중국어 연수를 해서 무엇 하려고였다.

나는 사실 30년 동안 제조업을 해왔다. 막연히 제조업을 시작할 때는 중견기업을 만들어 보겠다는 꿈이 있었다. 대기업의 하청업체로는 한계가 있었지만, 작아도 완제품을 만들어야 되겠다는 생각을 버리지 않았다. 그러나 모 업체의 요구 납기, 단가 협상, 부품 품질관리, 인력난, 기술개발, 생산관리, 공정관리, 기술 향상에 따른 신 기계 도입 등에 쫓기다 보니 제품 생산은 엄두도 낼 수 없었다.

또 1990~2000년대는 부품 국산화 개발붐이 일었다. 우리는 에어컨 부품을 생산하는 업체이므로 핵심 부품 중 하나인 체크밸브를 개발하기로 마음먹고 미국, 일본 등 사방으로 뛰어다니며 제조방법을 기술이전 받아 우여곡절 끝에 개발했으나 시험방법, 누설량, 수명시간 등에 믿음을 갖지 못하는 대기업의 요구로 수명검사 Tool 누설검사 게이지 등 모든 설비도 우리가 제작하여야 했다. 난감했을 뿐만 아니라 시간과 노력이 많이 필요했고, 개발에 성공 했다해도 대기업이 그 부품의 시험 data를 믿지 못할 뿐만 아니라 샘플 승인기준도 명확하지 않았다. 게다가 수입해서 쓰던 부품이라 실험 자료도 없었다. 일본회사도 그 데이터나 시험방법을 당연히 독점공급하려고 공개하지 않았을 것이다. 결국 미국에서 기술이전 받아서 개발했으나 그 미국 회사의 데이터나 시험방법에 대하여 잘 알지 못하는 대기업 직원을 그 바쁜 와중에도 매일 우리 회사에 불러 시험하는 방법과 생산하는 법, 누설 테스트 등 모든 것을 보여주며 원리를 설명하고 그들이 이해할 때까지 그야말로 '교육'을 시키는데 많은 시간이 할애해야 했다. 또한 이를 눈치챈 경쟁업체의 방해도 없지 않았을 것이다. 이런 것들이 중요 부품이긴 하지만 조그만 부품 하나 샘플 승인을 받는데 3~4년이 걸리는 이유이다.

승인이 나서 개발 부품을 채택하여 사양에 적용하기까지의 과정은 책 한 권을 쓸 만한 내용이므로 생략하고, 결과적으로 국산화 개발을 시작한 지 4년 만에 수입 대체제로 쓰게 되어 주문량이 점점 늘어났다. 국산화 개발 전에는 일본 회사의 독점 부품이라 독과점 가격이 비쌌는데, 우리가 개발을 해냄으로 인해 1/2가격으로 낮추어도 마진율이 약 100%는 되었다. 그동안 일본 회사는 400% 이익을 가져갔던 것이다. 부품 국산화 순익기준으로 200억 매출이면 순이익 100억이 가능했다. 그래서 나는 리스크가 많은 원제품 생산에 대한 열망을 점점 잊고 작지만 기술집약적인 것에 잠시 집중하기로 목표를 변경하였다.

그러나 첫 국산화 성공에 4년이 걸리는 등 그 난관을 알기에 차기 국산화 개발에 대한 열정이 그전만 못했고, 지금의 수익률에 안주하기 시작하여 그 후 3, 4년을 '매출 크고 규모 크면 뭘 해. 관리만 어렵고 비용만 많이 들고 머리만 아프지.'를 외치며 나는 수익률에 도취해 있었다. 그러는 동안 국산화 부품의 소요량이 점차 줄어들면서 위기를 느낀 나는 다시 국산화 개발을 해야 하느냐 아니면 다시 완제품 생산을 하느냐의 갈림길 앞에 섰다. 그러나 어느덧 50대 중반 나이에, 건강도 예전 같지 않고, 적자는 나지 않지만 매출액은 늘지 않는 정체된 회사규모에 염증을 느껴 그럭저럭 5년을 더 채우고서 부하 직원에게 모두 물려주고 60세에 회사를 접었다.

그리고 나만의 인생에 대하여 생각하게 됐다. 그 첫 번째가 젊은 시절 여러 가지 이유로 미국 유학의 꿈을 접었던 걸 떠올려 요즈음 한참 뜨고 있는 중국 어학연수를 결정했다.

중국 제조업의 발전 속도

15년 전쯤에 사업상 중국에 와서 본 중국의 제조업 수준은 거의 가내수공업 수준이었다. 우리나라에서 자동화된 각 공정을 하나씩 일일이 사람의 손으로 작업하는, 그래서 자동화로 한번에 끝나는 10공정을 사람 10명이 1공정씩 마무리하여 넘기는 공정 라인화 시스템이었다. 그러나 지금은 모든 공장의 자동화는 물론 고속열차 개발도 성공하여 거기에 들어가는 모든 부품이 중국산화 될 정도로 비약적인 발전을 했다.

하지만 중국도 우리나라와 비슷하게 급속한 경제발전에 따른 문제점이 나타나기 시작할 거라는 생각이 들었다. 제조업자이자 경영지도사인 나는 제조업을 하며 축적한 노하우와 한국의 경영기술지도사 시스텐 도입 과정 등을 적용하는 방법을 사용할 컨설팅 사업이 어떤 것이 있을까 궁금해한 것도 중국을 온 이유 중 하나였다. 그와 관련된 문제를 풀어보려고 대학 교수와의 개인적인 토론과 해결방법을 연구하려고 했으나, 1년 동안 중국어를 공부해봐야 프리토킹을 할 수준은 안 되었기에 나는 더 이상 시도를 하지 못했고 이런저런 사정으로 한국으로 돌아오게 되었다. 한국에 돌아오면서 기회가 되면 다시 도전해보아야겠다고 생각하며 일단 한 번 쉬어가기로 했다.

중국 학생들의 트렌드

처음 왔을 때 중국에 대한 인상은 약간 정돈되지 않은 듯한 도시환경이나 사람들의 복장, 그리고 딱딱한 군사훈련(처음엔 정말 군인들의 훈련인줄 알았지만) 등으로 뭔가 경직된 느낌이었다. 그러나 1달, 2달 겪으면서 선입견이 사라지고 왜 그들이 그렇게 보이는지 하나둘 이해하기 시작했다. 딱딱하다고 생각했던 군사훈련 중에도 휴식시간에 스스럼없는 놀이와 잡담, 심지어 댄스까지 이어지는 걸 지켜보면서 여기도 대학생들은 한국과 다르지 않다는 생각이 들었고, 복장이나 환경이 그렇게 보인 것도 각 국의 인식과 문화의 차이로 다를 뿐이지 표현방법은 여느 나라 청년과 차이가 없었다. 또한 사드문제로 한중관계가 서먹할 때이고 국가에서 혐한령이 내려진 상태라 한국에 대한 인식이 안 좋아 내가 한국에서 왔다고 하면 막 좋아하며 부러워하던 수년 전과는 달리 그냥 담담한 표정으로 그러냐고 하는 반응에 살짝 당황하기도 했다.

그러나 시간이 지나고 대화를 많이 나누다보니 군중심리로 굳어버린 한국에 대한 표정이 하나씩 풀리면서 '한국 아이돌 그룹 위너를 좋아한다.', '한국 화장품 최고다.' 등을 연발하며 속내를 드러내기 시작했다. 이는 꽤나 중요한 정보라고 생각한다. 우리나라의 유신정권 때, 국가에서 금지하거나 규제를 가하면 속마음에 관계없이 당연히 따라야 한다고 생각해서 정부에 대해 비판하는 것을 두려워했던 것과 비슷해 보였다. 일부 지식층이나 진보계 쪽에서 공공연히 비판하다가 잡혀간 사람도 있었다.

그러나 그와 같은 비판적인 생각을 갖고 있던 다른 사람들이 처음에는 침묵하다가 하나둘 용기를 내어 비판하고 그 비판세력이 점점 커져갔던 우리나라와 마찬가지로, 중국도 개방 이후 국가에서 주도하는 경제개혁 개방정책에 박차를 가하면서 급속한 경제발전으로 인한(사실상 급속한 발전을 위해서는 국가주도의 계획적인 경제가 가장 효과적이긴 하다) 부작용이 만만치 않음을 경험했고 또 경험하고 있다. 중국 정부도

이와 같은 문제점은 알고 있을 것이며 규모가 큰 중국은 한국보다 더욱더 많은 문제점에 봉착하고 있을지도 모른다. 그것을 어떻게 풀어나가고 해결할 것인가에 대한 고민에 빠져 있다고 가정하면 대중국 전략계획수립에 획기적인 방법을 찾아낼 수 있을 것이라 믿는다. 자국의 경제발전과 보호를 위해서 모든 것을 개방할 수는 없기 때문에 상대국에 대한 장기적인 규제가 필요할 것이다.

한류의 급격한 유입이 중국입장에서는 마냥 반가울 리 없다. 오히려 젊은 세대들의 맹목적인 한류를 경계하거나 두려워했을 것이다. 그래서 그 문제의 발생 자체를 차단하기 위해 언론이나 정부는 의도적으로 한류를 차단해야 했고, 그 이유로 사드 핑계를 댄 것이 아닌가 생각해본다. 대중, 더욱이 젊은 지성인 대학생들은 그런 분위기에 이끌려 침묵할 뿐 한국 아이돌이나 한국 화장품 등 한국문화를 마음속으로도 끊은 게 아니라는 것이다.

그러나 장기적으로는 이러한 내면적인 한류도 중국의 변화나 전략 등 환경변화에 맞게 바꿔나가지 않으면 오래 지속되지 않을 것이라는 점도 염두에 두어야 할 필요가 있다.

졸업여행

원래 6개월(1학기)을 어학연수에 투자할 예정이었으나 주변의 학생이나 선생의 권유로 1학기 더 연장하여 1학기에 참여하지 못했던 졸업여행에 참가하기로 했다. 주말을 이용해 독일에서 유학 온 반장의 주관하에 단체 채팅방을 만들어 의견 교환 후 내 아내와 겨울에 갔던 우이산에 가기로 했다.

2박 3일 일정으로 가성비를 고려하여 여행은 알차고 숙박비용은 저렴하게 하기 위해 청소년 수련원 시설을 이용하기로 하고 여학생 방으로 6인실 1개와 남학생 방 6인실 1개를 예약했다. 예약한 학생의 설명을 들으니 방 1개에 2층 침대 6개가 설치된 좁은 공간이긴 했으나 나는 오랜만에 수학여행 겸 수련회에 참여하는 것이라 학생 느낌으로 충만한 스케줄을 보고 기대에 차 있었다.

드디어 D-day. 비용 최소화의 원칙에 따라 학교에서 기차역까지 봉고차를 한 대 빌려 12명을 태운 채 출발해 40분을 달려 샤먼북역에 도착했다. CRH(고속열차)를 타기 위해 여권과 예약번호를 하나씩 대조하여 발권을 했다. 검색대를 통과하여 2층 승차장으로 올라가 열차가 도착하기를 기다리는 동안 그동안 나누지 못했던 얘기들을 나누느라 시간 가는 줄 몰랐다. 열차를 타고서도 2시간 30분 동안 재잘재잘 얘기하며 우이산역에 도착해 개표소를 나오자 주말을 맞아 여행 온 여행객이 많았고 택시 운전사들이 여기저기서 호객행위를 했다.

우리는 아랑곳하지 않고 우이산역에서 우이산까지 가는 버스를 스마트폰으로 검색하고 여기저기 물어서 버스를 타는데 성공했다. 서로 뿌듯해하며 마주보고 웃으며 40분을 달려 우이산 입구에 도착했고, 학생들이 스마트폰 지도를 검색하여 마치 자주 와본 것처럼 방향과 거리를 예측하며 예약한 숙소를 찾았다. 5분 남짓의 시간이 지나고, 그리 어렵지 않게 조그만 골목길 안쪽에 있는 게스트하우스를 금세 찾아냈다.

졸업여행 사진

프론트에서 2명의 직원이 우리를 맞았고, 체크인하는 동안 주위를 둘러보니 기타가 1대 놓여있고, 중국에서 많이 봤던 차 마시는 테이블이 있어 체크인하는 동안 각자 차 테이블에 앉고 소파에도 앉으며 잠시 휴식을 취했다.

티 테이블은 둥근 돌 모양의 넓적하고 큰 차 판 위에서 계속 차와 뜨거운 물을 섞고 1차, 2차, 3차 계속 돌판 위에 찻물을 쏟아버리고 다시 붓기를 수차례 반복 후 조그만 찻잔에 조금씩 부어주는, 샤먼에서 자주 보던 방식이었다. 그 절차가 꽤 복잡하여 신기하게 바라보기만 했던 차 제조방법을 베트남에서 유학 온 학생이 능숙하게 손을 놀리며 하는 모습이 신기해 한쪽에서 기타를 퉁기던 나는 곧바로 티 테이블로 향하여 자리를 잡고 그 여학생에게 이건 언제 배웠냐고 물어봤다. 그 솜씨가 너무 능숙하여 우리 모두 넋을 놓고 바라보다 그녀가 한 잔씩 나누어 주는 찻잔을 조심스럽게 받아 맛을 음미하였다. 정성이 들어가서인지 차 맛이 감동적이었다.

- 탕관: 차 끓이는 기구 총칭
- 탕명: 차를 끓임

- 탕병: 차를 끓이는 병
- 탕호: 차 끓이는 그릇
- 탕수: 차 끓이는 물
- 탕전: 차 끓이는 세발솥
- 탕통: 저카페인 작업, 효소 불활성화 작업
- 탕트레이: 차 물 행구는 물 버리는 곳

등 차를 타는 것과 관련된 용어만 해도 50개는 족히 넘고 복잡하다. 이는 모두 중국의 역사처럼 긴 차 문화에서 비롯된 것이고, 어떤 방법으로 어떻게 누가 끓였나에 따라 차 맛이 다르고 그 깊이도 차이가 나는 이유일 것이다.

졸업식

드디어 1년 동안의 어학연수를 끝내는 졸업식이 다가왔다. 그동안의 학교생활 끝에 1년 동안의 어학연수를 끝내는 졸업식이 다가왔을 때, 그간의 학교생활이 주마등처럼 지나갔다.

졸업식은 해외교육원 소강당에서 거행되었다.

식장에 도착하니 강당 입구에는 그동안의 행사 사진들이 사방에 붙어 있고 전면의 대형 보드판에는 여러 가지 퍼포먼스를 하면서 사진을 찍을 수 있도록 충분히 준비되어 있었다.

나는 우선 안내 데스크에서 졸업자 명단을 확인한 후 기념품 가방과 식순표를 전달받고, 대형보드 낙서판에 다른 학생들처럼 소감과 이름을 준비된 매직펜으로 크게 쓰고 같이 사진을 찍고 식장으로 들어갔다.

이미 식장을 가득 매운 학생들과 그동안 수고해주신 라오스(선생님)들 이 앞줄에 나란히 앉아 계셨다.

드디어 식이 시작되고 원장님이 해외 출장을 가신 관계로 부원장님이 축사를 하셨고 선배들의 격려사가 이어졌다. 졸업장 수여식은 모든 졸업생 150여 명이 4명씩 무대에 직접 올라가 받는 식으로 거행되었다.

이로써 나는 1년 만에 중국어 어학연수 중급 상·하반을 모두 통과하였다.

졸업장 수여

학교 홈페이지에
올라온 사진

졸업장

어학연수 총평

　이러니저러니 중국에 대하여 말도 많지만 내가 1년 동안 어학연수를 하며 느낀 것은, 중국도 역시 사람 사는 세상이라 인간이 가지고 있는 장단점이 모두 포함되어 있다는 것이었다. 즉, 한 방향으로만 바라볼 것이 아니라 다양한 각도로 중국을 평가할 필요가 있다는 것이다.

　수업 시간은 정말 타이트했고 선생님들의 열의는 한결같았다. 그들은 자신들이 하고 있는 일에 대한 책임감과 의무감이 투철하였고, 그러면서도 기계적이지 않고 수업을 잘 따라오는 학생과 그렇지 않은 학생들을 구분하지 않고 골고루 발표 기회를 주었으며, 답을 하지 못하더라도 무안을 주거나 비판하지 않고 최대한 공평하려고 노력하였다. 그러면서도 각 나라 학생들의 태도에 잘 적응하고 있었으며 각 나라의 특징에 대해서도 정확히 알고 있었다. 중국과 다르거나 더 나은 점에 대해서는 인정을 하고 중국에 대한 비판을 드러내놓고 얘기하지는 않았지만 마음으로는 동의하지 않는다는 것을 표정으로 알 수 있었다 정부에 대한 비평은 삼갔지만 경제발전 속도나 빈부 격차에 의한 위화감이 발생할 수 있는 문제에 있어서는 서슴없이 표현을 하였다.

학교 시설은 기대 이상이었으며 국가 보조금이 있어서 그런지는 몰라도 수업료 대비 아주 효율적으로 짜인 과정이었다. 그 이외에도 중국 학생들의 사고가 상당히 획일적이라고 여겼지만 그렇지 않다는 걸 알게 되었다. 나름 주어진 스케줄에 잘 적응해 가면서도 자기 나라가 완벽하지는 않지만 어느 것도 완벽한 것은 없다는 것을 이해하고 있었으며, 때로는 어려움을 토로하지만 차츰 나아질 것이라는 기대감도 감추지 않았다. 물론 가끔 지나친 애국심이나 역사에 대한 자부심이 예민할 정도로 드러나긴 했지만 내가 처음 생각한 만큼은 아니었다. 수업의 활동도 상당히 활성화되어 있었으며 다방면에 걸친 경험과 학습의 기회가 제공되고 있었으며 학생회의 활동도 상당히 적극적이며 오히려 희생적이었다.

골프회, 골프연습장, 댄스 동아리, 체육대회 때 응원단의 연습장면이나 개방성은 우리나라 야구장의 치어리더를 뛰어넘는 수준이었다. 그들은 조금 부족한 동료들의 실수에 관대했으며, 누구를 소외시키거나 하지 않았고, 어떻게 하면 서로 부족한 점을 도와주며 같이 갈 수 있을지를 생각하는 것 같았다. 물론 발표나 경연에서 자기가 속한 조직의 전체 호흡과 단결심에 대해 높은 점수를 준 것도 한 이유이겠지만, 그와 별개로 공동체에 대한 인식이 어려서부터 몸에 배어있는 것 같았다. 한류를 좋아하는 학생도 있고 아주 못마땅해하는 학생도 있었으나 그들끼리는 서로 이해하는 듯 보였다. 서로를 인정하는 것이다. 개성 또한 다르다는 것을 아는 것이다.

식당 규모나 체육시설의 규모도 상상을 초월하는 대륙 스타일 그대로였고, 주방에서 서빙하는 직원들도 피곤하기는 하지만 프라이드가 있어 보였다. 그들을 대하는 학생들도 그런 그들을 존중하는 태도를 보였다. 물론 대학 내에서의 세계와 대학 밖에서의 세계는 조금 다르다. 조금 비약해서 표현하자면 대학 내는 귀족사회이고 대학 밖은 평민문화라고나 할까? 어쨌든 대학생들은 국제수준에 맞는 교육과 매너, 문화 등을 잘 교육받고 있는 것 같았으며 교문

밖에서 어떻게 행동해야 하는지도 그들은 알고 있는 것 같았다.

더불어 교내, 교외를 막론하고 IT 문화에 적응하는 속도 또한 빨랐으며 핸드폰 하나만 있으면 모든 생활에 불편이 없을 정도였다. 심지어 노점상도 QR코드를 큼직하게 복사해놓고 스캔하여 계산할 수 있도록 아주 체계화되어 있었고 비행기, 기차, 택시 예약부터 결제까지 핸드폰 하나면 편리하게 이행할 수 있었다. 신용카드는 필요 없어 보였는데, 은행에서 돈 찾을 때만 필요한 것 같았다. 외국 학생들도 그런 문화에 쉽게 잘 적응하였으며 편리해 하는 것 같았다.

생활 물가는 비교적 저렴하였으며 호텔 고급숙박 요금, 고급 체육 시설, 문화생활 비용 등 기초생활 이외의 물가는 비교적 비쌌다. 기회가 있어서 몇 군데 공장도 방문해 보았는데, 10여 년 전 내가 와서 보았던 가내수공업 같은 것은 이미 없어졌을 뿐만 아니라 최신 기계시설인 CNC 시스템은 물론 로봇시스템까지 갖추어 가고 있는 모습이었고, 중소규모인데도 연구실까지 갖춰 해외 박사들이 신제품 개발이나 시제품 시험도 체계적으로 하고 있었다. 격세지감을 느꼈다. 많은 인구와 더불어 최신시설까지 갖춰 제조업에서는 '넘사

벽'이 된 게 아닌가 싶어 내가 작은 한숨을 내쉴 정도였다.

이상이 내가 이 글을 마치면서 마지막으로 하고 싶은 말이었다.

내가 이 책을 쓴 이유는 중국 유학을 자랑하고 싶어서도 아니고 중국에 대한 평가를 좋게 하고 싶어서도 아니다. 분명히 말할 수 있는 것은, 거대공룡 중국이 가진 것은 인해전술뿐이라는 오명을 벗고 경제와 과학, 문화 모든 면에서 현대화하고 이를 많은 인력자원과 어떻게 효율적으로 조화해나가는가를 끊임없이 연구 및 실천하고 있다는 것이다.

게다가 미시적 경쟁에서는 빨라야 이긴다는 것도 알고 있다. 뿐만 아니라 거시적이나, 장기적으로도 큰 흐름의 틀을 유지하는 것이 유익하다는 것 역시 알고 있으며, 거대한 목적으로 완급을 조절하며 균형을 찾아가려고 노력하는 것도 볼 수 있었다.

더 이상 우리가 말해 온 만만디가 아니었다. 빨리 달려야 할 때는 달릴 줄 알고 있었다. 게다가 그 빠른 달음박질이 결코 거대한 목표를 거스르지 않는다는 것도 볼 수 있었다.

황하의 거대한 물줄기 같은 큰 흐름은 유지하면서 작은

수로의 문제점은 빠르게 고쳐 나가는, 한류와는 또다른 中
流(중류)를 보았다.